W0206119

PAILLETTES

76, boulevard Pasteur
75015 Paris – France
www.editionscharleston.fr

ISBN : 978-2-38529-453-3
Maquette : Camille Carlos

Pour suivre notre actualité, rejoignez-nous sur Facebook (Éditions.Charleston), sur Instagram (@editionscharleston) et sur TikTok (@editionscharleston) !

Charleston s'engage pour une fabrication écoresponsable ! Amoureux des livres, nous sommes soucieux de l'impact de notre passion et choisissons nos imprimeurs avec la plus grande attention pour que nos ouvrages soient imprimés sur du papier issu de forêts gérées durablement.

Pauline Liétar

PAILLETTES

Roman

CHARLESTON

Aux miens

À Titi, à Gigi

Les parents reprochant aux enfants d'être jeunes,
les enfants reprochant aux parents de ne plus l'être
et de vouloir faire comme s'ils l'étaient encore.

Françoise Sagan, Avec mon meilleur souvenir

Prologue

Une vibration agite mon téléphone et un numéro anonyme s'affiche sur l'écran. Un peu précipitamment, je décroche : j'attends un appel de la mairie pour ma nouvelle carte d'identité. Mon circuit en train à travers l'Europe commence dans dix jours et j'ai besoin de ce sésame pour prouver que je suis majeure. Dix-huit ans depuis trois mois. Je suis déjà à la fac, une classe sautée... Je devrais en être fière, pourtant j'espère cette carte comme une délivrance. Mais en lieu et place d'une émancipation, cet appel qui déchire mon quotidien comme un rideau de théâtre me porte une nouvelle aliénation.

— Bonjour, madame Ferrini ?

— Oui.

— C'est le commissariat du 7e arrondissement. C'est à propos de votre mère. Elle est en garde à vue chez nos collègues de Deauville pour vol.

— Oh non ! Mais qu'est-ce qu'elle a volé ?

— Elle a été interpellée dans un casino pour recel de jetons. Son compagnon est sur place et…

— Son compagnon ?

— Oui, un certain Jean-Yves Poultier.

— Ah, celui-là…

— Oui. Donc il était avec elle ce soir-là et il s'occupera d'elle à sa sortie. Comme elle est toujours domiciliée dans l'arrondissement, nous avons été chargés par nos collègues de Deauville de vous appeler et d'enquêter. D'après votre mère, vous avez l'habitude de gérer l'argent de la famille. Vous êtes au courant de la démarche de mise sous tutelle initiée par vos grands-parents maternels ?

Je reste évasive, la police me donne d'autres détails sur l'arrestation, je les remercie et raccroche avec dans la bouche le goût d'une amertume ancienne et tenace.

Papy et Mamie m'ont brièvement parlé de cette initiative peu réjouissante. Et j'ai fait des recherches sur Internet il y a un moment. Mam rentre dans la catégorie éligible à la tutelle : « Personne qui ne peut pas gérer seule son bien et son patrimoine. » Mais la garde à vue ? Mam ne m'a encore jamais fait ce coup-là. Elle innove. Apparemment, elle a volé des jetons de casino et les a cachés dans son soutien-gorge. Elle a été repérée par les caméras de vidéosurveillance. Si la police pense qu'elle va être relâchée sans poursuite, parce qu'elle s'est montrée coopérante, l'équipe du 7e arrondissement est missionnée pour une enquête sociale après ses dépenses faramineuses dans ce casino de Deauville depuis plusieurs mois.

Alors que je savoure tout juste ma majorité, je vais redevenir la mère de ma mère. Et cette fois, officiellement. Surtout, cet appel implique que je remette les pieds dans le quartier… Je me sens tout d'un coup sévèrement carencée, vide d'énergie, mais je préfère me rendre au commissariat pour affronter mon Everest familial. Bien que je doive finaliser un projet pour la fac – un exposé sur mon volcan préféré, le Mauna Loa, le plus actif du monde – avec Amédée, j'annule notre rendez-vous à Jussieu. Et, le plexus compressé, je me sandwiche entre les passagers de la ligne 13.

Repasser devant le 8 rue de la Comète ne représente pas un long détour. Je lève la tête vers l'unique fenêtre côté rue que nous offrait l'appartement. Avec vingt-six mètres carrés, on ne pouvait pas espérer beaucoup plus de lumière. Elle qui la cherche tellement…

1

Hors-jeu

Cinq ans plus tôt

LES GIFLES DE TONY surprenaient toujours Maman parce qu'il était gaucher. C'est ce qu'elle me disait à chaque fois. Et ce matin-là, sa main sur la joue comme pour éteindre l'incendie, elle a même ajouté : « Tu sais, façon Nadal. Un gaucher, ça déstabilise l'adversaire. »

Elle tentait de sourire. Elle ne pouvait pas vraiment exprimer grand-chose avec ses yeux et ses sourcils depuis sa dernière injection, et comme je restais de marbre, elle a plongé en saut de l'ange dans le déni. « Non, mais c'est rien, ma chérie, juste des bagarres de grands. »

Tony était occupé dans la salle de bains à s'asperger d'after-shave de mâle alpha. Moi, je savais. Les affiches au collège avec la photo d'une femme qu'on pourrait croire maquillée pour Halloween. Le numéro vert à appeler, composé une fois déjà à la hâte depuis le téléphone fixe quand Maman était sous la douche et que Tony a déboulé dans le salon avec son « Yo ! » habituel. À l'époque, sa manière de faire jeune me plaisait pas mal. Avec le recul, je trouve ça ridicule.

Souvent en panne de mots, il disait donc « Yo ! » en entrant dans une pièce où je me trouvais. Et il balançait d'avant en arrière ses gros bras enflés par la fréquentation de la salle de gym, dans l'attente d'une meilleure réplique, j'imagine.

J'ai dû raccrocher et inventer n'importe quoi, que j'étais en train d'appeler le répondeur du Père Noël. Idiot comme prétexte mais je ne m'étais pas préparée. « À douze ans, tu crois encore au Père Noël ? T'es bien la fille de ta mère ! Coco, elle croit au Botox et à la Française des jeux. »

Le Père Noël, j'y croyais plus depuis que j'avais compris à six ans que le vieux était un salaud. Il apportait toujours des beaux cadeaux aux enfants de riches et des paquets de merde aux gosses de pauvres comme moi. Franchement dégueulasse. T'avais beau être sage, bien bosser à l'école, mettre la table et tout, Arnaud, le débile rebelle qui redoublait, fils de médecin, avait toujours des plus beaux jouets que toi. Les trucs les plus chers. Et toi, tu chialais sur ta poupée déjà démembrée car de mauvaise qualité. Je l'avais alors renommé le Père Nul. Un nom qui disait aussi la vacuité paternelle dans ma vie. Le néant de mon ascendance.

Tony n'était pas le beau-père abusif classique. À la plage, quand je me changeais, il détournait le regard comme les commerçants quand on compose son code de carte bleue. Il m'a aussi un peu enseigné le jardinage, son métier. Le principe d'un massif floral s'avérait assez simple en fait, les grandes plantes derrière, les petites devant, pareil que pour la photo de classe. Malgré ça, j'ai vite conclu que je devais me débarrasser de lui. Il fallait qu'il quitte ma mère. Le contraire était dangereux.

Je m'attaquais quand même à du lourd. Une histoire de quatre mois. Un record pour Mam. Un quasi-mariage pour Tony.

Ils se sont rencontrés chez le vétérinaire. Et j'étais là. Ma mère, blonde platine, avec des lèvres et des seins qu'elle avait aidés à se propulser vers l'avant grâce à deux crédits à la consommation, devait se coltiner ma présence peu *accessoirisante* : j'endurais des cheveux d'un brun cendré indéterminé et quasi le nez de Depardieu. Mam venait faire soigner un chat gris trouvé dans la rue. Elle aimait bien faire réparer les gueules cassées du monde animal. Surtout les chats qui avaient été mordus. Un geste lié à ses souvenirs d'enfance dans la ferme familiale.

Lui est entré dans la salle d'attente avec un minichien dans un panier. J'ai oublié le nom de la race, mais le genre auquel les mamies enfilent des manteaux. Cette vision a chamboulé Mam qui, plus tard, m'a confié sur ce ton de mère-copine qui me gênait toujours : « Tu vois, Kalindra, un grand costaud comme lui qui s'occupe d'un si petit chien, ça veut dire beaucoup. Petit chien, grand cœur… »

Elle s'était encore une fois complètement plantée.

Là, dans cette salle d'attente, elle a lâché *Femme actuelle* pour s'intéresser à Tony et son panier. Un peu gêné, le jardinier – *easy* à deviner, il portait une tenue marquée *St-Cloud Espaces Verts* – a dit : « Ça fait un peu pédé ce panier, mais c'est son moyen de transport préféré. »

Il a envoyé le bon signal à ma mère : hétéro, dispo. En gros, le bonhomme du passage piéton était passé au vert. Elle a glissé plusieurs « absolument » dans la conversation, avec l'impression que l'adverbe lui donnait un parler chic. Mam écoutait souvent des podcasts France Inter et répétait à haute voix les phrases d'Augustin Trapenard. Façon méthode Assimil, elle tentait d'attraper un accent parisien, chic et maniéré. Et de perdre un peu ses intonations cagoles. Même si elle disait s'assumer telle qu'elle était, cela faisait un moment qu'elle essayait de désudifier son parler.

Après un « certainement ! » très Paris-Centre et plutôt réussi, elle a eu la soudaine envie de mettre du gloss, l'a saisi dans son sac à main lamé et l'a fait tomber. Le gloss a roulé sous la chaise de Tony. Et leur histoire a commencé. Un scénario tellement attendu. La suite n'a même pas besoin d'être racontée.

À partir de l'épisode du vétérinaire, ma mère a eu de plus en plus envie d'aller au cinéma, soi-disant avec des collègues. Je faisais semblant de la croire, mais mon intuition était bonne. Un jour, j'ai retrouvé des petits poils de chien sur le bas de son manteau. Et puis il y a eu le classique « Il faut que je te présente quelqu'un ». J'avais déjà entendu cette phrase une quinzaine de fois depuis le CP, et la tentation de répliquer « Te foule pas Mam, c'est Tony » était aiguë. Mais je voulais qu'elle croie encore en elle, en ses capacités de mystification.

J'ai offert le meilleur accueil possible à Tony. Grande fille souriante, avenante, qui s'intéresse à la gestion des espaces verts de la ville. Quelques articles potassés sur Wikipédia m'ont permis de poser des questions pointues sur le budget municipal, les rosiers remontants, les nuisibles sur les ronds-points. Mam s'est montrée très satisfaite de ma prestation de fille unique bien élevée. Pourtant, au départ, Tony n'était pas sa cible. Mam me l'avait avoué. À Paris plus encore qu'à Montpellier où nous vivions auparavant, elle cherchait à sortir avec des hommes en costume qui pourraient nous gâter, nous permettre d'avoir un plus grand appartement, nous faire voyager. Son sacrifice maternel à elle.

Tony s'est mis à m'appeler « Petite Bouture », un surnom qui se voulait affectueux, et à venir quasi tous les jours chez nous. Bientôt, il a pris ses aises et montré des signes de nervosité, de mauvaise humeur et de fatigue. Jusqu'à finir par lâcher les claques… et lui coller la gifle de trop. Du moins pour moi. Mam, je le craignais, pouvait encore en endurer quelques-unes.

J'ai concocté ma riposte. Je devais aussi sauver notre duo. Mam tombait tellement sous l'emprise des hommes – même avec la joue en feu, elle préparait le déjeuner de Tony et le lui tendait dans un Tupperware. Je pressentais qu'un jour, elle me quitterait pour l'un d'entre eux. Un abandon pur et simple.

J'avais aussi découvert en lisant des textos sur son téléphone – une certaine surveillance s'avérait nécessaire – qu'elle refusait pas mal de missions d'aide-soignante ces derniers temps. Elle travaillait en libéral avec un gros réseau d'agences d'aide à la personne, mais depuis quelques semaines, elle déclinait la plupart de leurs propositions pour se rendre pleinement disponible pour Tony qui, lui, avait bizarrement posé un congé maladie. Un comportement irresponsable alors qu'elle devait m'élever, subvenir à nos besoins. Elle avait eu du mal à bâtir son petit « fichier clients », comme elle disait avec une sorte de fierté gourmande, et elle s'autorisait tout à coup à refuser du boulot.

L'année précédente, quand on avait quitté Montpellier pour débarquer à Paris, elle s'était sentie seule, insignifiante et totalement remplaçable, ce qu'elle avait beaucoup de mal à supporter Elle déplorait : « Tu te rends compte, aucun commerçant ne me reconnaît ! Et cette vieille dame chez qui je suis allée déjà deux fois m'appelle encore Caroline. » Puis, avec mon soutien, elle a réussi à s'accrocher, fidéliser et fédérer. Maintenant sa légèreté menaçait notre fragile équilibre financier. Déjà que je devais parfois cacher sa carte bleue pour limiter ses dépenses. Une raison de plus pour sortir Tony du décor.

Est-ce que j'ai fait le bon choix ?

C'est à partir de ce moment-là, en tout cas, que j'ai joué au bowling avec ma vie. Un jeu qui m'a vite paru définitif.

2

Harlequin

DANS NOTRE PETIT APPARTEMENT étouffant et bordélique, je peinais à trouver une place confortable. Dès que j'y entrais en ouvrant la porte d'un coup de sac à dos, les habituelles odeurs chimiques de laque, de vernis et de parfum en promo me saisissaient. Souvent, des collants de ma mère gisaient, étalés sur le canapé, un soutien-gorge chevauchait l'accoudoir, des palettes de maquillage envahissaient la table basse. Une occupation de l'espace qui me faisait enrager. La seule vision qui me réchauffait la poitrine : ce livre d'acupuncture qu'elle avait commencé à étudier, assez sérieusement, pour s'occuper encore mieux de ses patients. Dans ce clapier, la position dans laquelle je me sentais le mieux, c'était assise face à l'ordinateur – ma fenêtre à moi – dans ma chambre. La pièce était petite, elle mesurait peut-être huit mètres carrés, ses murs étaient ornés de ma frise historique des rois de France, de posters *Sciences & Vie Junior*, de quelques selfies en Photomaton avec ma meilleure amie Domitille et de cartes postales du monde entier envoyées par mon père.

Le PC IBM que je partageais avec Mam – ordinateur de travail donné par un ancien amant assureur – moulinait beaucoup, mais je pouvais aller sur Internet pour mes exposés. Chez nous, la fusion se révélait affective, physique et même numérique. Mam nous avait d'ailleurs créé une adresse mail commune, *kaliandcoco@gmail.com*. Évidemment, je ne la donnais à personne, je m'étais créé ma propre adresse *kalindra.ferrini@gmail.com*. Pro, responsable et respectable quoi.

Côté riposte, je me disais que le plan le plus simple, comme dans les comédies américaines un peu nulles, consistait au recrutement d'une autre fille pour Tony. J'avais déjà vu dans son téléphone qu'il aimait bien l'actrice de *Fast and Furious*, une Latine brune à la peau caramel. L'opposée de ma mère qui s'évertuait à ressembler à un modèle Dessange. J'ai pensé à une copine de Maman, Valérie, qui avait trouvé « un compagnon », comme elle disait, sur un site de rencontres. Mam ne connaissait pas l'option « contrôle parental » pour protéger les enfants des dangers d'Internet, donc j'ai trouvé facilement *plusjamaiscelib.com* qui proposait un essai gratuit, et j'ai ouvert un compte au nom de Tony. J'ai récupéré une de ses photos sur *Facebook*, puis créé un autre profil avec le visage d'une actrice latine pas connue qui jouait une maman dans une série Disney que j'aimais bien. Tony allait recevoir ses mails. Je lui ai créé une fiche et fait envoyer un lien avec création du mot de passe pour le site, comme ça, il pourrait se connecter comme une fleur.

Côté prose, j'ai fait simple, l'opération s'avérait un peu gênante. « Tu me plais beaucoup… », j'ai tapé, avec le profil de la jolie fille dans la fenêtre de discussion.

Quelques minutes plus tard, il s'est connecté à ce nouveau compte et a répondu à mon faux profil de bombe latine. J'ai mis mes mains devant les yeux, fermé la fenêtre du site et éteint l'ordinateur.

Je n'étais pas sûre de mon coup. Il avait l'air un peu accroché à ma mère. Parfois, il l'emmenait au restaurant, dans une enseigne franchisée certes, mais le geste pesait tout de même, ou il débarquait avec des tulipes du marché. Je devais répondre sur le site, ne pas le faire attendre. J'en frissonnais d'avance. Je n'avais aucune idée de ce qu'il convenait de lui dire.

Le lendemain, au collège, j'ai décidé d'en parler à Domitille, élève en cinquième C, comme moi, dans un établissement privé très chic du 7e arrondissement de Paris, où on s'était installées avec Mam l'année d'avant. D'après ma mère, la réussite de nos vies tenait à la fréquentation des élites. Avant Tony, elle disait qu'il était bien trop tard pour qu'elle puisse faire carrière, mais qu'elle nourrissait encore l'espoir d'un mariage intéressant. Elle cherchait la sécurité financière et, à ses yeux, mettre une bague au doigt d'un homme équivalait à poser un U sur son vélo. Une garantie. En revanche, elle comptait sur moi pour grimper l'échelle via de belles études et un réseau malin. L'aide-soignante rêvait d'or et de grandeur pour sa fille. Elle lâchait parfois en riant : « Si tu fais intello, ça va rejaillir sur moi. Les hommes se diront que je cache bien mon jeu derrière mes airs de Barbie. »

Le fils d'un de ses patients siégeait au conseil d'administration du collège privé Montesquieu. Elle lui a fait passer mon dossier scolaire et j'ai été admise. Au nom de cette scolarité ronflante, nous avons abandonné notre pavillon près de Montpellier pour un petit appartement parisien. Un T2 à prix d'ami, trouvé par ce même mécène. Moi qui ne connaissais que les longs trajets en bus scolaire, j'étais épatée, là, je comptais jusqu'à dix en sortant du collège, et *bim*, j'arrivais à la maison. Enfin, dans notre appartement de poupée.

Mam n'avait plus de chambre, mais elle se disait que le sacrifice serait récompensé et que ces nuits sur le clic-clac du salon finiraient par payer. Elle avait des ambitions matrimoniales très abouties avec ce déménagement. Elle me soufflait souvent en prenant des airs de maître Yoda : « Tu sais, Kali, la vie, c'est comme un cerf-volant. Certains en ont un grand qui se déploie très facilement, prend le vent et monte tout de suite très haut. D'autres démarrent avec un petit cerf-volant et il faut courir beaucoup, et parfois recommencer plusieurs fois pour qu'il s'envole. Nous, on est comme ça. On a des petits cerfs-volants mais on va les faire voler haut. On va courir, les lancer dans le ciel, ne pas lâcher, courir encore s'il le faut, et ils vont monter, monter… »

Elle rêvait d'un parcours à la Middleton, mais pas d'une trop grande ascension culturelle.

« Hors de question que tu deviennes une de ces transfuges de classe intellos si c'est pour qu'ensuite tu écrives un livre sur ta mère ! » lâchait-elle avec un soudain soupçon de lucidité. Quoi qu'il en soit, la trajectoire Cendrillon allait avoir du mal à se dessiner. Déjà, mon arrivée à Montesquieu s'était déroulée dans la plus grande indifférence possible.

J'ai débarqué dans cette école avec un reste de mèches orange. Malgré les avertissements de sa coiffeuse, Mam mettait de l'eau oxygénée dans mon shampoing. Ma grand-mère, intriguée par l'odeur de mes cheveux, avait un jour saisi la bouteille qui traînait sur le bord de la baignoire. Elle l'avait brandie devant ma mère avec un « C'est quoi ça ? » outré, comme s'il s'agissait d'un bulletin scolaire désastreux. Elle m'avait aussi sermonnée, il fallait que je me méfie et renifle mon shampoing avant chaque application.

Malgré tout, le jour de la rentrée, j'avais donc encore des dégoulinades orange dans les cheveux. Une robe à motif d'hibiscus. Des joues rouges et tachetées. J'incarnais « la Heidi d'Occitanie », m'avait dit Mam en riant. De Montpellier, j'avais même un peu l'accent.

Naïvement, je pensais que les autres élèves auraient plein de questions à poser sur le Sud, ou au moins qu'ils m'accueilleraient dans leurs groupes à la récréation. Mais ces petits Parisiens se fréquentaient pour la plupart depuis la maternelle. Soucieux d'un parcours sans faute et sans liste d'attente, leurs parents les avaient inscrits très tôt dans le privé.

J'étais de loin la plus pauvre du collège. L'adolescence permet en général de saisir à quelle classe sociale on appartient. Et là, sortie de ma bulle d'enfance pavillonnaire, je me suis prise, en plein quartier huppé de Paris, la claque de la réalité de notre CSP. En m'inscrivant à Montesquieu, Mam pensait peut-être me stimuler et irriguer les canaux internes de l'ambition. Mais elle m'a exposée à une violence sociale. Je me sentais inférieure parce que je n'avais jamais pris l'avion, jamais skié ni même quitté la France.

À Montpellier, je percevais seulement un décalage sur le plan familial. Là, le fossé s'était élargi pour atteindre la taille du canal du Panama, dont les écluses font plus de trente-trois mètres de large. Mam avait décidé de nous mettre en péril comme un pari. Certains jours, en représailles, je ne lui adressais pas la parole. En plus, mes hormones surchauffaient un sentiment de honte. Un malaise qui ne semblait *absolument* pas atteindre ma mère. « La honte est un sentiment révolutionnaire selon Karl Marx », m'a-t-elle lâché un jour. Elle allait souvent moissonner des citations sur Google pour le vernis culture générale. Là, elle avait même un peu creusé le sujet. Elle m'a expliqué qu'il existait deux types de hontes, celle qui met en colère et enjoint à se battre, et celle qui pousse à s'autodénigrer. Elle m'encourageait évidemment à adopter la première version : « Si t'as honte d'être pauvre, pleure pas et bats-toi pour être riche. » Mais je ne trouvais pas les codes pour entrer dans ces cercles fermés et je me suis résignée à la solitude.

Je comptais les carreaux à la cantine, les barreaux des grilles dans la cour de récré, je me lançais dans des multiplications complexes. Un groupe de quatre garçons, en quatrième, a repéré mon isolement. Deux semaines après ma rentrée en sixième, ils m'ont encerclée et ont commencé à se moquer de moi en m'appelant « l'autiste ». Une ado rousse au teint maladif s'est alors interposée tel Moïse ouvrant la mer Rouge. Elle les a menacés, en parlant d'un certain M. Giraudeau – je comprendrais plus tard que ce nom faisait référence à l'aumônier qui encadrait ces garçons au catéchisme. Ils se sont aussitôt envolés comme les pigeons du square.

Ma sauveuse s'appelait Domitille. Croyante enflammée, elle cherchait souvent des causes à défendre. Elle adorait les victimes et elle n'en croisait pas assez à son goût dans le 7e arrondissement. Avec mon manque d'amis et d'argent, je lui fournissais un tas d'occasions d'accomplir de bonnes actions. Elle s'est mise à me chérir.

Quelques mois après l'épisode avec les garçons de quatrième, Domitille m'adoubait *meilleure amie*. J'avais enfin un statut. Comme elle devait s'occuper de ses trois petits frères – jeux, bains, repas, couches –, car ses parents sous-traitaient beaucoup, elle disait qu'elle n'avait quasi jamais le temps de faire ses devoirs. Je les faisais pour elle en imitant son écriture et les lui glissais dans son cartable le matin.

Pour revenir à Tony et à mon plan, c'est pendant le cours de technologie où nous apprenions à souder des circuits électroniques que je lui ai lancé : « Hé, ils se disent quoi, tu crois, les adultes quand ils veulent draguer ? » À vrai dire, elle n'était pas la bonne interlocutrice pour ce questionnement. Domitille avait pour seule fréquentation d'adultes ses parents, et ils étaient vraiment spéciaux. Sa mère, Quitterie, aristocrate, portait toujours son nom de jeune fille qui s'étalait en long sur les formulaires : de la Patemollière. Manque de bol, elle était tombée amoureuse d'un roturier : Éric Triomphe. Elle avait plutôt gagné au change côté patronyme, je trouvais, mais pour avoir l'impression de conserver son rang, elle exigeait que toute sa famille la vouvoie. Ses enfants comme son mari. Et ils l'acceptaient. Quitterie, elle, tutoyait tout le monde allègrement. Y compris son mari.

Donc, même si Domitille connaissait les débuts du manège amoureux d'Éric Triomphe et Quitterie de la Patemollière pendant un camp scout à Lourdes, ils ne seraient pas une source d'inspiration pour sortir Tony de notre vie.

— Je sais pas trop, m'a répondu Domitille, je crois que c'est comme dans les romans Harlequin. Tu connais ? J'en ai trouvé un sous la table de nuit de ma mère. Une histoire d'un pilote d'avion qui drague une hôtesse de l'air pendant une escale dans un pays tropical.

— Tu crois qu'ils en ont au CDI ?

— Non, t'es folle. Sur la couverture, ils se roulent des pelles et la bretelle de sa robe tombe sur son bras.

— Bon, alors j'irai voir à la bibliothèque.

Je ne pouvais pas surfer sur mon téléphone pour trouver des extraits de ce genre de roman. Domitille et moi étions les seules élèves de la classe à ne pas posséder de smartphone. En poche, nous avions juste un téléphone de dealer à clapet et nous étions exclues des groupes WhatsApp de la classe, incapables de faire des vidéos de danse ou de relever des défis pour avoir des « J'aime ». Un ermitage numérique qui me permettait de renforcer ma relation avec mon amie.

J'allais donc passer à la bibliothèque et poursuivre mon enquête. Ma mère me laissait rentrer seule parce que nous vivions à deux pas du collège. Elle ne venait plus me chercher depuis qu'elle avait réalisé que les « hommes-cibles », les pères riches, n'attendaient pas leurs enfants à la sortie des cours. Ils avaient des nounous pour ça. Pourtant, cela faisait partie de son projet au départ.

Avant de choisir Montesquieu, elle avait organisé des virées dans la capitale, me faisant sécher les cours de mon école à Montpellier. Elle voulait trouver le bon établissement. Nous nous mettions en planque dans la voiture devant la sortie des collèges. À travers la vitre, elle scrutait les vêtements, les attitudes, l'éventuelle présence de cigarettes, de drogue. Chaque fois, avant ces virées, elle rigolait et prenait une voix de gros flic, genre *BAC Nord*, le film sur la brigade de Marseille. « Viens Kali, on va dans le soum. » Mais notre Clio rouge avec ses autocollants pro-corrida s'avérait bien plus visible que l'habituel « sous-marin », cette camionnette de flics en planque avec fenêtres occultées.

Devant Montesquieu, Mam s'était montrée rassurée : « Waouh, ils ont que de la marque sur le dos les gosses, il y a du pognon ici. Hé Kali, regarde le père de celui-là. Il porte un costume très luxe. C'est peut-être un ministre. » Pour analyser le potentiel des papas de cette école, plusieurs planques tôt le matin ont été nécessaires. Beaucoup d'enfants rentraient chez eux tout seuls, ou bien des Philippines étaient chargées de les attendre. Mam notait ses observations dans un carnet rose. Assez vite, elle a décrété que ce collège était le bon et pour envoyer mon dossier, elle a cherché dans son fichier clients qui pourrait nous servir de sésame. Avec mes bonnes notes, mon code postal très « région » et mon prénom exotique, mon admission a été immédiate. Une histoire de discrimination positive, on m'a expliqué au Bureau de la vie scolaire. Ils voulaient me *donner ma chance,* avaient-ils écrit dans leur lettre.

Je rentrais de l'école seule avec mon petit trousseau de clés autour du cou, et ce soir-là, j'avais même un rab de liberté. Mam devait voir une patiente à 18 heures, une dame à escarres dans le 19e arrondissement, je me trouvais en solo pendant au moins deux heures.

Quand la sonnerie nous a libérés, je me suis précipitée vers la grille du collège, très excitée à l'idée d'avoir une solution. Un plan. Je me suis donc arrêtée à la bibliothèque Saint-Simon.

Je me baladais dans les rayons des livres pour adultes et je les ai vite repérés. Des femmes en robe de soie éperdues d'amour, des hommes torse nu au regard dur et des titres dorés en italique… Pas vraiment des manuels de féminisme. J'en ai pris un avec un moustachu qui réchauffait une jeunette dans un plaid à carreaux sous la neige. Je me suis agenouillée contre l'étagère et l'ai glissé en douce dans mon cartable. Je n'osais pas affronter la dame de l'accueil, mais je me suis promis que je le rapporterais.

J'ai longé les ministères et les jolies boutiques du quartier, avant de monter les cinq étages menant à notre deux-pièces.

À la maison, je me suis préparé un bol de Chocapic et je me suis ruée sur l'ordinateur. J'ai ouvert le site de rencontres *plusjamaiscelib* et j'ai continué à l'aveugle la conversation avec Tony. J'incarnais Lola, prof de danse colombienne. J'ai relu les messages précédents, puis feuilleté le livre et copié des formules qui me paraissaient efficaces.

Je veux poser mes mains sur ton torse et je sais que ce simple contact me bouleversera.

Possède-moi avec cette force tendrement sauvage.

Taper ces phrases sur le clavier m'a quasi fait vomir mes Chocapic, mais l'idée d'éliminer un homme violent doublé d'un rival et objet de distraction qui nous mènerait sans détour au surendettement a fait redescendre la nausée. J'espérais que cette petite prose rose suffirait.

En apnée, j'ai fermé le site.

3

Le goût du collectif

Après ma journée au collège, j'étais chargée de l'achat d'un bloc de feuilles perforées à grands carreaux et d'un bocal de sauce pesto. Je devais aussi passer chez Chen, le buraliste, pour remplir une grille de Loto. Mam n'avait pas eu le temps et la cagnotte s'élevait à 12 millions d'euros. Les mineurs n'ont pas le droit de jouer au Loto, mais Chen nous connaissait bien, il n'a émis aucune objection. Je me suis offert un petit Malabar Tutti Frutti en commission.

Mam griffonnait des grilles au moins deux fois par semaine. Le vendredi soir, elle m'accueillait avec le chiffre du pactole de l'EuroMillions : « 112 millions, ma chérie, tu te rends compte ? Tu ferais quoi avec ça ? » On regardait le tirage en direct, le triste manège des boules et la voix faussement enjouée de l'animateur. Mam frémissait, jurait comme devant un match de foot.

Elle éteignait ensuite l'ordinateur, rabattue dans sa misère. Quasi une heure pour s'en remettre. J'appelais ça « Lotoflagellation ».

J'avais pourtant l'impression qu'on ne manquait pas de grand-chose, en dehors de quelques mètres carrés. Je mangeais des protéines à tous les repas, nous avions le chauffage en hiver, mes vêtements ne faisaient pas trop cheap, mais ma mère entourait au marqueur des chaussures à 700 euros dans des magazines de mode, des sacs à main trimbalés par des actrices ou des influenceuses qui valaient quatre Smic, des croisières aux Bahamas sur des publicités... Donc forcément, on n'avait jamais assez. Récemment, deux lettres de refus de Cofidis et Sofinco étaient tombées de la pile de courrier.

Mam adorait marchander et se faire offrir des trucs, même des bricoles. J'en étais souvent mortifiée. Chez Farid le primeur, elle demandait toujours le fruit bonus avec une ouverture de bouche style call-girl. Et invariablement, dans le sachet en kraft atterrissaient quelques pommes, poires ou clémentines gratuites. Au Monoprix, elle passait le plus souvent à la caisse de son copain Désiré qui ne lui faisait pas payer les sacs en papier. Et le plus bluffant, c'est qu'elle arrivait quasi systématiquement à obtenir quelque chose des livreurs. Certains descendaient les poubelles pour nous, par exemple. En janvier, le type qui relève les compteurs EDF avait même accepté d'emporter notre sapin de Noël tout sec. Donc quand elle avait besoin d'une petite réparation de plomberie ou d'électricité, Mam commandait une pizza. Et, royale, fournissait les outils. Prestation beaucoup moins chère que l'intervention d'un spécialiste. Et au pire, si le livreur était trop pressé ou insensible à sa séduction de pauvre femme en détresse, ça nous faisait toujours une pizza.

La dernière fois, la Regina pour faire réparer la fuite du robinet de l'évier de la cuisine était délicieuse.

Je n'arrivais pas à trancher : est-ce qu'il s'agissait d'une forme de séduction archaïque, voire d'un pas vers la prostitution ? Ma mère aguichait les hommes pour obtenir ce qu'elle voulait. Dans la rue, elle se faisait souvent aborder et elle adorait ça, même s'il arrivait que des insultes misogynes suivent son passage. Est-ce que je pourrai échapper à la reproduction du schéma maternel, à cette stratégie d'anguille dans les eaux troubles du patriarcat ?

En ce vendredi, j'avais pour mission de retenir le livreur Darty pour qu'il intervienne aussi dans la salle de bains, où nous avions un souci avec la douche. Il n'y avait pas assez de pression alors que le pommeau avait été changé. Mam préférait lui en parler elle-même, elle m'avait dit qu'elle se dépêcherait de rentrer du boulot. Ma timidité d'ado et mon attitude garçonne ne facilitaient pas l'obtention de services gratuits. On ne pouvait pas non plus compter sur Tony. Pour ce genre de choses, en dehors du jardinage, il se prétendait incompétent, revendiquant « deux mains gauches ». J'attendais l'homme qui n'arrivait pas quand j'ai reçu un texto de ma mère :

Vadim de chez Darty a pris du retard dans ses livraisons, il viendra demain.

J'ai ouvert la messagerie de *plusjamaiscelib*. Bizarrement, Tony n'avait pas encore lu mes deux derniers messages. J'espérais qu'il n'avait pas flairé la supercherie et me demandais s'il fallait que j'insiste, reprenne le bouquin de la femme au plaid dans les bras d'un bûcheron, mais

Maman est rentrée, visiblement épuisée par sa « tournée de vieux ». Quand j'utilisais ce terme devant elle, ça l'agaçait. « Respecte-les, Kali ! Tu parles de mes patients. Je ne veux plus t'entendre dire ça. »

Elle a tiré sa valise de matériel de soins jusqu'à la salle de bains, s'est changée avant de me rejoindre avec dans les mains une brochure qu'elle a jetée sur la table basse.

— Regarde ce que les grands chefs du réseau nous proposent : devenir *commercial*. Essayer de refourguer du putain de matériel médical à nos patients, avec comme gain une prime de 22 euros pour 500 euros de matos vendu. L'arnaque. Et ils nous incitent à aller voir nos anciens patients sur notre temps libre. Comme ça, on ne peut plus dire qu'on ne gagne pas assez, puisqu'ils nous offrent sur un plateau le moyen d'augmenter notre rémunération.

— Mam, je vais t'écrire un tract qu'on imprimera. Il faut que vous vous unissiez. Que tu te syndicalises.

— Quelle horreur ! C'est pas un milieu pour moi, ça ! Je vais plutôt essayer de trouver comment rencontrer le grand patron. Je suis peut-être son genre.

Gênée par les réflexes quasi pavloviens de ma mère, j'ai renoncé à faire naître chez elle le goût du collectif. Pourtant, je détestais la voir exploitée, victime d'un libéralisme qui la dépassait.

Elle a ouvert son livre d'acupuncture et tenté de se concentrer. Je l'avais fait réviser le week-end précédent, elle connaissait déjà près de mille points, et j'étais épatée. Là, elle était trop fatiguée et elle a reposé le livre pour venir s'écraser dans le canapé. Je voulais m'occuper d'elle, lui masser gentiment les trapèzes, préparer le dîner, mais ces gestes, s'ils ne venaient pas d'un homme, elle les refusait. Finalement, elle a pris son courage à deux mains pour sa séance de gym hebdomadaire. Je l'ai aidée à pousser la table basse contre le mur.

Elle pratiquait sa gym en suivant les cours d'une influenceuse de fitness sur son téléphone. Pendant les exercices, ses bras touchaient quasiment la fenêtre, tellement le salon était petit. Je l'ai laissée pour me réfugier dans ma chambre avec un bol de chips : mon sport à moi. J'avais une rédaction à rendre le lundi suivant.

Du salon, Mam a crié : « Au fait Kali, il faut qu'on aille à la ferme demain. On va y passer le week-end pour fêter l'anniversaire de ton grand-père. On n'a pas le choix. »

4

Antihistaminiques

CORINNE (ma mère me tuerait si elle lisait ça, elle se fait appeler « Coco » depuis ses vingt et un ans) a grandi à la campagne, dans la Beauce. Un coin tout plat, une ferme Playmobil plantée au milieu d'un champ. L'horizon à perte de vue, mais aucune perspective pour une jeune adulte qui a des rêves plein la tête. Fille unique de Giovanni et Renée, des éleveurs de cochons, son nom de famille Ferrini était jugé comme un handicap. En tout cas, mon grand-père le disait : « En France, quand on a un nom qui se termine par une voyelle, on ne s'intègre pas. » Il faut dire qu'il avait connu l'époque de la vague d'immigration de paysans italiens, et racheté dans les années cinquante une ferme dans cette région agricole avec un petit héritage, sans vraiment réussir à s'intégrer. Il avait peu d'amis à la coopérative et peu de succès auprès des femmes. Mais il avait tapé dans l'œil de ma grand-mère à qui il avait passé la bague au doigt le plus vite possible, comme si elle risquait de changer d'avis.

Comme chaque fois qu'on leur rendait visite, Mam a fait une halte à l'entrée du village. Elle s'est penchée au-dessus de mes genoux, la main vers la boîte à gants. Ses antihistaminiques étaient à l'intérieur et elle en gobait toujours un avant de redémarrer. Je lui avais demandé plusieurs fois à quoi exactement elle était allergique, elle répondait toujours : « Au foin, enfin à tout ça. » Il n'y avait plus de foin chez mes grands-parents, ils avaient arrêté l'élevage depuis longtemps, mais les antihistaminiques la détendaient ou lui procuraient un sentiment de sécurité. C'était son rituel, sa manière de se préparer à son retour parmi les siens. Elle arrivait toute pomponnée et vérifiait dans le pare-brise si l'appréhension ne déformait pas ses traits qu'elle s'appliquait à figer à coups de Botox. À la maison, elle faisait ça aussi avec le grand miroir près de la porte d'entrée. Le « check du matin » s'effectuait toujours en rejetant les cheveux en arrière, comme si elle venait d'enlever un casque de moto. Moi, je prenais soin d'éviter mon reflet dans la glace, ma peau y luisait beaucoup trop, mon nez manquait de finesse et ma bouche trop petite n'arrivait pas à sourire.

Loin des relents de laque, de vernis et de parfum persistants qui envahissaient notre petit appart, la ferme de mes grands-parents m'offrait de simples senteurs de terre et de fumier que je humais intensément. Quand mon grand-père m'ouvrait les bras, je percevais l'odeur du savon. Rien qui ressemble au patchouli ou à l'aloe vera, ni à ces fleurs des îles mises en avant par une Vahiné sous une douche faite de bambous… Juste du savon traditionnel. J'en aurais pleuré tellement ça me ravissait les narines.

Mam restait en retrait, regardant autour d'elle avec un air indifférent. En général, elle attendait que mes grands-parents et moi ayons terminé nos embrassades dans la cour gravillonnée pour nous rejoindre et marcher lentement en direction du corps de ferme. On entrait directement par une porte vitrée qui donnait sur la cuisine. Là, invariablement, une tarte aux pommes finissait de cuire dans la lumière dorée du four, ou trônait déjà sur la table. Je restais alors immobile dans la pièce carrelée de fleurs orange et marron, ravie de sentir les effluves caramélisés des fruits. Je fermais les yeux. Ma mère retroussait brièvement ses narines, son visage se verrouillait et elle quittait les lieux.

Ce jour-là, ma grand-mère a surpris sa réaction et lancé : « Ben quoi, Corinne, ça te plaît pas, la tarte aux pommes ? Chez nous, on fait des tartes aux pommes de mère en fille, une seule et même recette, tu le sais… » Mam a baissé la tête, rentré les épaules comme un chien puni – je ne lui avais jamais vu cette posture. Imperméable aux humeurs de sa fille, ma grand-mère était déjà en train de me découper une part de tarte.

À la campagne, alors qu'il y avait des vélos, des balançoires et la nature à embrasser, j'avais la permission de me faire une cure de télé. À Paris, j'avais seulement le droit à l'écran d'ordinateur pour faire mes devoirs. Ici, il suffisait que j'aille voir mon grand-père, il ouvrait un tiroir du vaisselier sombre du salon et sortait le sac congélation où il rangeait la télécommande. Avec précaution, il me la posait dans la main et disait de bien garder l'étui, le sac en question, avec moi.

Je me vautrais dans le fauteuil pour une séance TV digne d'un fast-food, jusqu'à l'écœurement. Les programmes de télé-réalité me faisaient frissonner parce qu'ils fascinaient ma mère. Parfois elle me rejoignait pour regarder une rediffusion du *Bachelor*. Je voyais bien qu'elle vibrait quand le candidat donnait une rose à une de ses prétendantes en robe à paillettes.

En fin d'après-midi, mon grand-père venait éteindre le poste et ouvrir les deux fenêtres du salon en grand « pour évacuer les ondes », disait-il. Ensuite nous allions marcher un peu.

Derrière la ferme, le paysage composé de champs à perte de vue contrastait nettement avec l'ambiance de la télé-réalité. Mon grand-père me posait sa colle préférée : « Alors dis-moi, dans combien de temps se couche le soleil ? » J'appliquais la méthode qu'il m'avait apprise, tendais le bras devant moi et mettais ma main à plat entre l'astre et la ligne d'horizon. J'évaluais la distance en nombre de doigts, chacun représentant quinze minutes. Trois doigts entre la ligne d'horizon et le soleil ? Coucher dans quarante-cinq minutes. Je ne me trompais jamais. Satisfait, il repartait vers la ferme car c'était l'heure de prendre l'apéro.

« Ce soir, on va au restaurant en l'honneur de mon anniversaire. Je vous invite ! » a-t-il lancé après avoir vidé son verre de vin blanc. Je savais qu'on allait se rendre au York, un établissement du centre commercial le plus proche où la famille fêtait tous les événements : réveillon du 31 décembre, anniversaire de mariage, etc. On pouvait y déguster toutes les cuisines du monde et mon grand-père adorait ça. « C'est incroyable, disait-il, tu peux prendre une entrée chinoise, un plat mexicain et finir par un brownie. Le tour du monde de la fourchette. »

Nous, dans la capitale, on faisait le contraire. Quand le compte en banque de Mam se montrait un peu gras, elle m'emmenait dans l'un de ces restaurants bobos-snobs qui ne servaient que des petites quantités autour d'un ingrédient phare. « Ce petit resto ne fait que du homard, une super bonne adresse. » « Ici, ce sont les spécialistes des *okonomiyaki*, les pancakes japonais... », disait ma mère. Pour mon grand-père, la quantité s'avérait un vrai critère de sélection, et le York fonctionnait sur le principe du buffet à volonté. Alors qu'à Paris, on confondait parfois le plat avec l'entrée...

Devant son assortiment de nems, tarama, rémoulade, taboulé, carpaccio et sushis, ma grand-mère Renée s'est lancée dans un long monologue sur leurs problèmes d'installation de leur box Internet et la difficulté de joindre le service client. Agacé, mon grand-père l'a interrompue pour nous expliquer la raison de notre présence au York. On n'y était pas seulement pour y fêter son anniversaire.

— Corinne, a-t-il dit.

— Coco, a corrigé ma mère.

— Coco, si tu veux. On a un fiancé pour toi. Tu sais il y a cette émission, comment ça s'appelle, je suis tombé dessus récemment... *Le mariage est dans le champ*, ou un truc comme ça.

— *L'amour est dans le pré*, a précisé ma grand-mère avec l'empressement d'une première de la classe.

— Oui, voilà. Il y a donc des filles des villes qui viennent chercher des paysans pour les épouser. Et toi, chérie, on sait que tu veux passer à la télé. Jeune, tu avais candidaté pour *L'Île de la séduction* ou *de la tentation*, je sais plus. Là, c'est beaucoup plus classe comme programme, alors je t'ai imprimé le formulaire de candidature. On a regardé avec ta mère, Bernard paraît être un candidat intéressant.

— Ce serait bien, a ajouté Renée, comme ça tu aurais les paillettes et aussi un homme de notre milieu.

Mam restait muette.

— Et sinon, plus simple, on a aussi un candidat à deux pas de la ferme. Pas besoin de compétition. Tu vois, les solutions ne manquent pas, a dit Giovanni en souriant.

Ma mère a encaissé tout ça devant son assiette vide, elle ne s'était pas encore servie. Je lui ai proposé d'aller au buffet pour elle, mais elle n'avait pas faim. La colère la nourrissait. Mon grand-père a pesté parce qu'il avait déjà réglé les quatre forfaits buffet. Puis, apparemment, il a remué le couteau dans la plaie :

— Après tout ce temps quand même, Corinne… Il faut t'en remettre et passer à autre chose.

— Je ne peux pas. Désolée, Papa.

Je n'ai pas compris de quoi Mam devait se « remettre ». En tout cas, il l'avait blessée en plein dans le mille. Avec la démarche de quelqu'un qui passe un portique de sécurité, tête rentrée dans les épaules, elle a quitté le York.

Je trouvais que mes grands-parents s'étaient comportés comme le roi et la reine d'un conte de fées. Ils avaient mis une pression odieuse à la princesse pour faire l'un de ces désuets mariages arrangés.

De retour à la ferme, j'ai attendu que Mam ait fini de se démaquiller pour lui parler de la soirée. Maussade, elle a préféré se coucher directement et s'est réfugiée dans sa chambre d'enfant, où je n'étais pas autorisée à entrer. Docilement, je respectais cet interdit.

Dans mon lit, je voulais lire mon Jules Verne mais je l'avais oublié au salon. Je suis descendue et depuis l'escalier, j'ai entendu Giovanni et Renée discuter. Ils ne faisaient même pas l'effort de chuchoter.

— Mais elle se prend pour qui à refuser des maris, la Corinne ! s'exclamait ma grand-mère. Et d'ailleurs, chez moi, ce sera toujours Corinne, je te le dis. Y a pas de Coco ici ! Et toi, tu ne fais rien.

— Tu vois bien que j'ai essayé d'aborder le sujet.

— C'était idiot cette approche. La télé, et puis quoi encore ? Depuis qu'elle est petite, je lui dis : « Tu es laide, on fera rien de toi. »

J'ai laissé tomber l'idée d'aller chercher le livre et suis revenue dans ma chambre, dégoûtée.

Le lendemain matin, on a repris la route, un bouquet de fleurs des champs sur la banquette arrière. J'avais essayé de trouver quelque chose de gai à rapporter de ce séjour.

5

Parapets

Les fleurs des champs fanaient gentiment sur notre table ronde pliante Ikea. Et déjà s'étiolait mon ressentiment envers mes grands-parents. Ils étaient juste maladroits. Comme disait Mam, « ils sont fermiers, pas étonnants qu'ils aient de gros sabots ».

Domitille a remarqué tout de suite les fleurs en rentrant. « Ah, vous avez passé le week-end à la ferme ? »

À la sortie du collège, elle est venue goûter à la maison. Notre rendez-vous hebdomadaire. Bien sûr, elle a lancé aussi sa blague habituelle sur la chambre de ma mère, qui m'avait demandé de dire aux copines que la porte du placard en face de la cuisine – semblable en tout point à une porte classique – donnait sur sa chambre, et qu'elle devait rester fermée. Avec le prétexte *Tu sais, ma mère tient à son intimité*, etc. Une manière de transformer notre T2 en honorable T3 et de cacher le fait que ma mère dépliait tous les soirs le clic-clac du salon.

J'avais été réticente et un peu terrifiée à l'idée de monter cette petite mystification devant ma seule amie, qui vivait dans un appartement de deux cent trente mètres carrés. Au départ, je ne voulais même pas l'inviter à la maison, et après être allée chez elle, encore moins. Mais elle avait insisté et s'était montrée blessée. (Plus tard, j'ai compris que toutes les heures passées en dehors de chez elle, même dans un boui-boui, valaient un pass Parc Astérix.) Alors je m'étais lancée, j'avais rangé les affaires de ma mère, surtout son tas de magazines people qui avilissait la table basse, mis des bougies et des fleurs un peu partout et transformé cette porte de placard en accès interdit à la chambre maternelle. Le récit avait tenu sur quelques goûters, jusqu'au jour où par inadvertance ou curiosité, Domitille avait ouvert la porte pour tomber sur le balai et l'aspirateur. Elle s'était marrée. J'avais piteusement déposé la vérité à ses pieds, confessant ma honte sociale.

Véritable amie, Domitille m'avait révélé que sa famille ne pourrait même pas se payer un appartement comme le nôtre. Si les Patemollière étaient logés, c'est parce qu'ils avaient pu récupérer l'appartement de la grand-mère maternelle, opportunément placée en Ehpad peu après qu'ils avaient été chassés du leur dans le 15e pour défaut de paiement du loyer.

Depuis ce jour de coming out immobilier, Domitille multipliait les blagues, toquant à la porte du placard pour appeler ma mère ou collant l'oreille à côté de la poignée en chuchotant : « Je crois qu'elle est avec un nouveau mec. »

Après notre goûter, j'ai raccompagné mon amie et pris le chemin de ma nouvelle activité. Encouragée par ses copines lors de l'une de leurs séances de manucure, et bien qu'il ait fallu d'intenses négociations, Mam avait fini par accepter de m'inscrire à un club de parkour : la discipline des Yamakasi qui sautent des immeubles ou, en ce qui me concerne, de petits parapets. J'allais donc à Châtelet tous les mercredis après-midi.

Le coach – il tenait à cette appellation, *prof* sonnait trop collège, il trouvait – nous recevait toujours avec sa capuche sur la tête, style Jedi urbain. On était seulement deux filles. L'autre, Jessica, venait de banlieue en RER. Je n'osais pas lui dire que j'habitais près des Invalides et m'arrangeais pour arriver en avance, entrer dans les Halles et sortir comme si je débarquais moi aussi d'un train dégueu et bondé. Elle m'aimait bien à cause de mon prénom, « ça fait rappeuse américaine ».

Ces deux heures, pendant lesquelles je sautais au-dessus de poubelles et de bornes incendie en jogging, représentaient un espace où je pouvais déployer mon prénom, l'agiter avec fierté : Kalindra. Comme un mantra. J'étais la Rihanna de Châtelet-Les Halles. Dès que je rentrais dans le 7e arrondissement, je me rabougrissais, repliais mon prénom en « Kali » en espérant qu'on entende un autre, plus chic pour ce quartier : Camille.

Jessica, j'arrivais pas à croire que le français soit sa langue natale. Elle faisait des erreurs à chaque phrase. « Malgré que, si j'aurais… », j'entendais même les fautes d'orthographe. Quand elle me disait « Comment qu'il est fort Diego ! », je me demandais si elle l'écrivait *kil est for*. Mon snobisme me répugnait mais me soufflait « la pauvre, elle connaît trois mots ». *Fort* lui servait pas mal. « Ah ça c'est fort », pouvait signifier drôle, intéressant, étonnant, choquant… Une sorte de mot couteau suisse. J'essayais de l'amener à exprimer plus de nuances, je la reprenais gentiment, mais elle s'éloignait et sautait des parapets que je n'arrivais jamais à atteindre. Je savais que je reproduisais le comportement horripilant de ma mère…

Le visage de Jessica présentait la peau typique de l'ado, un peu huileuse avec des boutons. Elle avait les cheveux gras et ça semblait lui convenir. Elle ne m'avait jamais demandé quel RER je prenais, alors que j'étais ultra-préparée, ayant bien étudié les lignes pour une réponse au poil, vérifié sur Google Street View ma prétendue banlieue de départ pour pouvoir la décrire si besoin. Mais Jessica s'en foutait.

Elle aimait venir me provoquer : « Vas-y, tu le sautes celui-là ? » Sans me regarder, elle pointait un muret ou un banc puis repartait s'entraîner.

Je n'osais pas engager la conversation avec les quatre garçons du groupe. Ils se donnaient des airs de durs et bêtement, j'adhérais à leur mise en scène. Je me laissais intimider. Je ne voulais pas non plus me dévoiler et choper l'étiquette de la bourge du 7e. Ici j'étais Rothschild, là-bas j'étais Cosette, et je m'y perdais un peu. Mais faire tourner la roue sociale comme celle de la fortune dans l'émission télé me procurait ma dose de bonheur.

Au parkour venait aussi Benjamin, un garçon qui était une fille avant. Enfin « né fille », comme il disait. Benjamin ne parlait pas beaucoup, car il avait honte de sa voix. Il venait juste de commencer le traitement hormonal et apparemment, fallait attendre un peu pour que sa voix descende dans les graves. De toute façon, les garçons laissaient souvent échapper de drôles de trémolos parce qu'ils muaient. Je l'admirais, Benjamin, il incarnait ce courage d'essayer d'être vraiment lui, alors que beaucoup de gamins devaient se moquer au collège. Et ses parents avaient l'air moderne, ils le soutenaient totalement. Je me disais qu'heureusement que j'étais bien dans mon genre, sinon ma mère m'aurait salement rejetée. J'en étais certaine. Elle n'avait pas l'équipement mental.

Entre deux sauts, je m'initiais au féminisme avec Jessica. Ce n'était pas Domitille qui le pourrait. « Si un mec te regarde mal, tu l'envoies bien chier direct ! Parce que nous, qu'on se fait exploiter depuis au moins l'époque des dinosaures », disait-elle sans jamais laisser sa place à un garçon au parkour. Elle avait plusieurs cicatrices, souvenirs de ses répliques au monde masculin de son quartier.

Jessica vivait intensément le présent. Le concept de passé et de futur ne l'intéressait pas plus que les temps de la conjugaison. Quand je lui posais des questions sur son dernier ou prochain week-end, elle décrochait : « Attends, on est pas là pour la parlotte. Tu me suis ? » Je sautais par-dessus quelques marches et bancs avec le sentiment d'exister.

6

Miss, Miss

TONY AVAIT LU LES MESSAGES DE LOLA, la prof de danse colombienne de mon invention. Il m'avait répondu et même relancée. Il fallait maintenant que j'entretienne le « chalumeau », flamme ridicule de cette pseudo-rencontre. Comme il était connecté, je me suis mise à parler du « nectar de ses lèvres adorables », de mon « désir grandissant ». Il s'est lâché lui aussi, tapant sa poésie Lidl pleine de fautes pour me demander un rendez-vous au plus vite.

Mam a débarqué dans ma chambre, furieuse et théâtrale, car elle a pris soin de s'asseoir lourdement sur mon lit et de croiser les bras. « Tu sais ce que je viens d'apprendre ? »

J'ai rapidement fermé la fenêtre du site pour me préparer à la consoler de la goujaterie de Tony.

— Quitterie a créé un groupe WhatsApp de mamans de l'école sans moi. Tu te rends compte ? Elle ne m'a pas invitée, cette chienne !

— C'est pour discuter de quoi, ce groupe ?

— D'éducation. C'est la mère d'Agnès qui a gaffé quand on s'est croisées au Franprix.

— Laisse tomber, Mam. De toute manière, vous n'avez pas les mêmes principes éducatifs. Tu aurais voulu parler de limites, d'engagement, de consolidation avec Quitterie et ses copines ?

— Non, bien sûr ! Mais j'aurais voulu avoir le luxe de les snober. Là, elle m'exclut d'office. C'est malveillant ! Et ça se dit catho…

Elle est sortie de ma chambre, sans doute pour aller se calmer au salon en feuilletant *Télé Star*. Ce soir avait lieu le rendez-vous de l'année pour Mam : l'élection de Miss France. Elle se consolerait vite de la malveillance de Quitterie.

Malgré une invitation de Domitille, j'avais réservé ma soirée à ma mère. Les présidentielles, le Tour de France, la Coupe du monde de football ne suscitaient aucun engouement à la maison, mais nous inscrivions Miss France sur notre agenda familial dès que la date était connue. C'était d'ailleurs ma seule obligation télé annuelle, et Mam clamait depuis peu : « Faut profiter de Miss France avant que MeToo nous l'enlève. »

Mère célibataire peu soucieuse de certains codes liés aux traditions, tels que le mariage avant une grossesse, Coco avait tout pour être féministe mais s'enlisait dans l'objectification la plus crasse et ne pensait qu'à l'apparence physique de la femme. Elle-même avait été candidate à différents concours de beauté régionaux, sans dépasser les premiers tours. « La faute à ces traits lourds dont j'ai hérité de ta grand-mère. Faut que je fasse quelque chose de radical. C'est un tel handicap ! » disait-elle.

Chaque année, pour la soirée dédiée à Miss France, Mam voulait qu'on se maquille comme si nous allions nous aussi être jugées. Chaque année, je déclinais la proposition, elle le savait : le make-up, pour moi, c'était non. Comme les robes depuis ma désastreuse rentrée habillée de motifs hibiscus. Elle se peinturlurait donc seule et préparait, juste avant le début de l'émission, des pop-corn, que nous picorions toutes deux sur mon lit devant l'ordinateur qui servait de télévision.

Ce soir-là, j'avais une préférence pour Miss Bourgogne, une brune qui voulait devenir vétérinaire et ne parlait pas de résoudre les conflits dans le monde. Elle avait pour seul objectif de stériliser les chats de son quartier. Mam soutenait Miss Alsace, une blonde avec un énorme sourire aux dents blanches parfaitement alignées, des cheveux dégoulinants jusqu'aux hanches et des gros seins ronds. C'était elle qui détenait le plus de chance de devenir Miss Univers d'après ma mère, qui a pris son téléphone pour envoyer des SMS. Un premier message, un deuxième, un troisième… La chaîne incitait à voter toujours plus si l'on voulait voir sa candidate l'emporter.

Mam s'est enflammée. « Allez, allez ! » criait-elle, alors que Miss Alsace passait en maillot de bain sur l'écran, comme si la candidate avait les moyens d'en faire plus pour éclipser les autres et séduire les jurés.

Pendant la pub, elle s'est préparé un verre de kir pour endurer la nouvelle, au cas où Miss Alsace ne serait pas sacrée. Une demi-heure plus tard, le suspense a pris fin, donnant à la blonde pulpeuse le titre de « deuxième dauphine ». Mam a bu son kir cul sec.

7

La bouture

Un mardi, en entrant dans l'immeuble, j'ai entendu la voix de Mam onduler au rez-de-chaussée. Avec son amie Daniela, esthéticienne, elle s'occupait comme toutes les semaines de Mme Ledru. J'ai toqué et Daniela, une brune de quarante ans à la peau couleur miel et à l'accent italien, m'a ouvert en prenant un air important. Je me suis faite petite et discrète, en apercevant par la porte entrouverte du salon ma mère en train de masser les jambes de la vieille dame. Elle avait préparé des aiguilles d'acupuncture sur une petite table. Ses gestes étaient doux, j'avais presque envie d'être à la place de cette octogénaire. « Ma Kali, viens », a dit Mam avec tendresse, mais son téléphone a bipé. Après un regard rapide sur l'écran, elle s'est figée.

« Oh mince, c'est Tony, je pensais pas qu'il viendrait si tôt. Il a les clés, mais il faut absolument que je sois là pour l'accueillir. Il va être furax sinon. »

Elle s'est relevée en me lançant un regard suppliant. « Kali, prends ma place, tu sais masser, tu m'as vue faire mille fois. » J'étais stupéfaite et Mme Ledru aussi. « Je suis désolée, a ajouté ma mère, urgence sentimentale. Il y va de la survie de mon couple. » *La survie de son couple...* alors que j'œuvrais contre de toutes mes forces. N'importe quoi. Mam perdait toute maîtrise d'elle-même depuis Tony.

Elle s'est recoiffée rapidement et s'est ruée hors de l'appartement pour aller incarner sa définition de la petite amie parfaite.

Daniela s'est tournée vers moi :

— Ta mère, elle est vraiment sous la coupe de Tony. La pauvre. On appelle ça *l'emprise*, tu savais ?

— Oui, mais ça ne va pas durer.

J'essayais de m'en convaincre même si je voyais bien que, malgré mon intervention sur le site, il continuait de venir dîner un soir sur deux.

Je me suis occupée comme j'ai pu de Mme Ledru avant de monter chez moi et de trouver, affalé dans le clic-clac, l'homme qui avait une emprise sur ma mère et attendait d'ailleurs qu'elle lui serve sa bière. Elle s'exécuterait comme chaque fois et poserait cette question primordiale : « Ça va, elle est assez fraîche ? » Une note d'inquiétude dans la voix.

Je ne supportais pas de la voir soumise à ce point.

Tony avait les yeux rivés sur son téléphone et dès que Mam est repartie à la cuisine, il a tapé des messages pour Lola, ma créature. Cette idée de le manipuler me réjouissait autant qu'elle m'écœurait.

Au dîner, il s'est montré absent et Mam l'a remarqué. Elle s'est vexée parce qu'en plus, elle s'était démenée pour lui faire un cassoulet, son plat préféré. Or il picorait dans son assiette comme Hortense, la fille anorexique de ma classe. Elle lui a demandé plusieurs fois ce qui n'allait pas et pourquoi il était ailleurs. « Le boulot », il a dit.

Une fois revenue dans la cuisine, elle s'est mise à crier. Tony s'est précipité. Du salon, j'ai tout entendu. Cette scène entre eux ne faisait pas partie de mon scénario, je ne voulais pas infliger de peine à Mam, mais ce débile avait laissé son téléphone sur le plan de travail. Et elle connaissait ses codes.

— J'y crois pas ! Tu dragues une jeunette ! C'est tellement cliché ! Il a bon dos, le boulot. J'ai compris ce qui te travaille.

— Je suis désolé, Bébé. Je voulais pas que tu l'apprennes ainsi. Ça fait pas longtemps qu'on échange. Je l'ai jamais vue. Mais c'est vrai, y a quelque chose de fort. Et tu sais, j'ai envie d'avoir un gosse. Un gosse à moi.

— Un gosse ? Mais regarde-toi, tu serais naze comme père !

Tony s'est tu, visiblement blessé. J'avais peur qu'il en colle une à ma mère, mais il a lâché : « Qu'est-ce que t'y connais ? T'en as même pas donné un à Kalindra ! Et pire, tu lui fais croire qu'elle en a un, c'est dégueulasse. »

Ma mère m'a jeté un drôle de regard avant de fermer la porte qui, loin d'être en bois massif, laissait passer sans problème les décibels.

« Tu sais quoi ? Va la vivre, ton histoire intense ! Dès ce soir ! Tu reprends ton linge dans la machine, tes affaires dans la salle de bains et tu te barres ! » hurlait ma mère. Tony essayait mollement de sauver leur relation, sans se montrer très convaincant.

Il a ouvert la porte de la cuisine puis il est revenu sur ses pas et s'est dirigé vers la machine à laver. Le cycle n'étant pas fini, il a perdu patience. Je l'ai vu ouvrir le hublot et fourrer son linge mouillé dans son sac de sport.

Il a traversé le salon et, sur le pas de la porte, il s'est tourné vers moi. « Yo, salut Petite Bouture ! » il a dit. J'avais des larmes dans les yeux et je ne parvenais même pas à me féliciter de son départ. Les mots qu'il avait prononcés sur mon père étaient comme des couteaux dans ma gorge.

Je suis retournée une dernière fois sur le site de rencontre pour lui envoyer un message lapidaire et jouissif :

Désolée, en fait j'ai trouvé quelqu'un de beaucoup mieux que toi.

Puis j'ai fermé le faux compte de la brune latine sensuelle. Tony s'était fait larguer au carré en moins d'une heure. Mais moi, j'avais perdu mon père.

8

Graine

MON PÈRE, tout ce que je savais, c'est qu'il était portugais, qu'il voyageait beaucoup et que je le rencontrerais peut-être un jour. J'avais posé sur ma table de nuit, joliment encadrée, la seule photo que j'avais de lui et même de nous deux, un cliché un peu flou où il me tenait dans les bras, alors que j'étais nouveau-né. On me voyait de dos en pyjama, le visage contre son buste. Lui était debout, le visage souriant, une moustache épaisse et des cheveux bruns en bataille, mais la nullité du photographe était telle qu'il était à peine identifiable. Pire qu'une vidéosurveillance de supermarché. J'aimais bien pourtant cette photo.

Sinon, ma mère me faisait écrire des petits mots et poèmes pour Noël, son anniversaire (le 12 mars) et la fête des Pères. Il me répondait sur des cartes postales d'un peu partout dans le monde et parfois par quelques lettres tapées à l'ordinateur, plutôt affectueuses. Je n'avais pas d'autre photo et ne recevais aucun coup de fil. Il n'avait pas le temps et moi, je ne devais pas poser trop de questions.

Mais là, j'en avais marre et j'ai dit : « Maman, je suis grande maintenant. Tu avais dit que tu me parlerais de mon père, un jour… » Ma bouche tremblotait et je sentais mes membres se figer en pierre.

— Merci Tony, hein, a répondu ma mère. Je me serais bien passée de ce genre de confrontation en pleine rupture !

— Raconte-moi, s'il te plaît.

— De quoi tu te plains, ma chérie, on est bien toutes les deux, non ? Et là, tu vas m'avoir rien que pour toi. Les mecs, c'est fini.

— Maman, ça n'a rien à voir. Qui est mon père ? Qu'est-ce qu'il fait ? Pourquoi il n'appelle jamais ?

Je la bombardais de questions, alors qu'elle essayait de ne pas pleurer en essuyant ses larmes du bout de ses ongles manucurés.

Sur le canapé, elle a ramassé ses genoux entre ses bras, et dans un reniflement de soap opera, elle a lâché :

— Ton père, il n'existe pas. T'as pas de père, OK ?

— Mais c'est pas possible Maman. Tu n'as pas pu m'avoir toute seule.

— Désolée, ma chérie, mais t'as pas de père. C'est comme ça. En même temps, quand tu vois tous ces papas à la con… y a rien à regretter. T'aurais aimé que ce soit Tony ou Christian, le père de ton ami Émile qui n'est jamais là et qui revient seulement pour gueuler sur toute la famille ?

Sans rien dire, j'ai posé ma tête contre son épaule.

— On est très bien toutes les deux, a murmuré Mam.

— Oui, mais comment t'es tombée enceinte ?

Le bruit de la sonnette a brisé notre discussion. Dans l'œil de Judas est apparu le visage déformé de M. Durondelle. C'était le vieux voisin du dessous, envisagé un temps par Mam comme amour en viager avant qu'elle ne se rende compte qu'il louait un T2 lui aussi. Sans préavis, elle avait alors mis fin au jeu de séduction entamé. Le pauvre homme n'avait rien capté et cela donnait lieu à des visites impromptues, genre demande de sel ou autre épice, requête d'ampoule, de dépannage pour son ordinateur… bref, il savait se renouveler. Devant la froideur de Mam, il avait pris le parti de ne s'adresser qu'à moi.

Grand, fin, des cheveux blancs un peu ébouriffés comme une couronne de hibou autour de la tête, il a parlé de sa voix tremblotante : « J'ai reçu un courrier, électronique hein (rire idiot), un mail comme vous dites, de l'ancien bras droit de Saddam Hussein, il a deux millions à placer en lieu sûr… »

Est-ce que c'était un comédien à la retraite ? Il était en tout cas très convaincant dans son rôle de vieux dépassé par notre époque, bloqué en mode analogique. Il paraissait sincère et disait ne pas vouloir passer à côté d'un gros coup. J'ai pensé que la situation était urgente quand il m'a expliqué que son mail avec son IBAN refusait de partir. *Mince, il allait se faire plumer.*

Revenue de chez M. Durondelle, j'ai retrouvé ma mère recroquevillée en pyjama sur le canapé du salon déplié. Elle fermait les yeux, mais un détail la trahissait : elle ne s'était pas démaquillée. « Tu dors ? Tu as encore les cils chargés de mascara », ai-je dit. Elle n'a pas remué les paupières. Elle jouait super bien sa partie. Le message se voulait clair : elle souhaitait éviter la discussion ;

d'ailleurs, elle allait faire son maximum pour m'éviter dans les jours suivants.

Je me suis retrouvée avec une mère qui ne lâchait plus son téléphone, sauf pour montrer des mèmes ridicules sur son écran. Je la trouvais pathétique. Je détestais ces moments où je me sentais son parent. Son comportement fuyant était pénible et a duré un peu plus d'une semaine, jusqu'à ce qu'une nuit, vers 3 heures du matin – si j'avais bien lu les chiffres rouges du réveil digital – elle me réveille.

« Viens, on va parler. »

Hagarde, j'ai titubé de sommeil jusqu'au salon.

Parfaitement maquillée et parfumée, elle m'attendait assise dans le coin du canapé, un sourire d'agent immobilier sur les lèvres. D'une main de Miss France, elle m'a fait signe de m'asseoir sur la chaise qu'elle avait placée en face d'elle, puis a glissé une mèche de cheveux derrière une oreille pour se donner de l'assurance.

« OK, voilà, s'est-elle lancée. Comme la plupart des nanas, je voulais l'amour avant le bébé. Je rêvais d'être follement aimée comme dans les films romantiques où le mec traverse le globe en avion rien que pour toi. Mais passée la barre des trente-huit ans, le prince n'était toujours pas là. Et encore moins le futur père. J'ai eu une proposition de parentalité partagée… »

Ma mère a continué de me raconter que la parentalité en mode coloc était l'idée d'un copain qui aimait les hommes. Enfin juste Elton John. (L'année précédente, il avait fait six cents kilomètres pour tenter d'aller séduire un kiné présenté comme son sosie dans la presse locale. Huit heures de route, 75 euros d'essence pour se prendre un râteau !) Mais ça ne la branchait pas. Quitte à être privée d'amour, elle voulait garder le contrôle, l'exclusivité de l'enfant.

« Avec lui comme père, tu te serais appelée Marie-Amélie ou Sidonie, le prénom donné à sa perruche. Hors de question ! » s'est-elle exclamée.

Mon prénom était une création sur mesure de Maman – je l'aurais bien interrompue pour lui dire « fallait pas te donner cette peine, le calendrier offrait assez de possibilités », mais je préférais ne pas y passer toute la nuit. Elle m'a donc expliqué que deux noms indiens, Kalinda et Indira, lui avaient servi d'inspiration ; leurs significations étaient lourdes à porter. Kalinda voulait dire « gentille fille » et Indira « beauté, splendeur ». Le cocktail idéal selon elle pour réussir dans la vie. Un prénom qui n'existe nulle part, digne d'une enfant de star.

À la mairie de Montpellier, elle avait réussi à le faire accepter par un employé qui n'avait encore jamais vu de femme venir déclarer un bébé sans père. Il avait tiqué, rougi, puis inscrit mon prénom en vérifiant deux fois l'orthographe. Les seins de Maman sur le guichet et les larmes aux bords de ses cils avaient un peu aidé, selon elle. Le prénom choisi ne constituant pas de préjudice pour l'enfant, ça passait. Enfin, côté préjudice, on en reparlerait…

Maman avait pensé à mon prénom avant de « me mettre en route », comme elle disait. Cela donnait un aspect plus concret à la suite des événements qu'elle peinait à entrevoir. Elle redoutait la tiédeur, voire l'hypocrisie d'une brève relation à visée reproductive, et ne se voyait pas piéger un homme sans rien dire. Elle s'est donc tournée vers la procréation médicalement assistée.

« Je voulais choisir la graine du donneur sur catalogue comme le font les Américaines et te donner un géniteur que t'aurais pu rencontrer à ta majorité, mais ça, c'était au Danemark et ça coûtait plus cher, alors j'ai opté pour l'anonymat », m'a expliqué Mam sans émotion, très pragmatique.

M'est revenue en tête cette réponse qu'elle m'avait faite quand, à sept ans, j'avais demandé quel métier exerçait mon père pour pouvoir le dire à l'école : *vendeur de graines.* Il y avait un lien logique entre cette invention et les réalités de ma conception.

Finalement, elle avait donc renoncé au catalogue pour se rendre au Portugal, où la procédure était plus simple, pour acheter une paillette de sperme anonyme. Côté fric, elle avait dû demander un crédit à la consommation. Elle s'est arrêtée sur ces trois petits mots qui signifiaient qu'elle s'était endettée pour m'avoir, puis a dit en riant : « T'as intérêt à être un bon investissement, Kali. Jusqu'ici, j'ai rien à redire. On verra quand tu seras plus grande… »

9

L'arbre généalogique

Encore bouleversée par ces révélations, j'ai demandé le lendemain soir à aller dormir chez Domitille, ce que je n'avais encore jamais fait.

Perchée sur ses talons, Mam a obtempéré en sortant son téléphone de son sac d'un air agacé. Elle a appelé Éric Triomphe de la Patemollière, le père de mon amie. Roturier, il avait réussi à gagner la particule de sa femme par une magouille administrative. Mam avait récupéré son numéro un soir en venant me chercher chez eux ; pour m'énerver elle avait même mis un émoji bisou après son nom dans son répertoire (alors qu'elle avait tâté le terrain, il était peu enclin à l'adultère).

Éric a proposé de venir me chercher immédiatement.

Dans la rue qui longeait le ministère de l'Éducation nationale, il m'écrasait sous un regard bienveillant. Ma mère avait évoqué un souci familial et il semblait vouloir trouver une solution à mon problème. Mais je ne savais pas du tout comment lui raconter la mort de mon père. Jusqu'ici, je m'étais contentée de vagues promesses de rencontre, alors que j'aurais pu deviner le mensonge. Je m'en voulais de ne pas avoir bousculé ce petit édifice plus tôt.

Enfant, j'avais dû mesurer la fragilité de ma mère et, pour notre équilibre, adhérer à son récit. Avec les années, mon père était devenu un mythe, une personne importante de mon monde, auréolée de mystère. Je m'étais dit qu'il tenait à moi mais que ses aventures à la recherche des graines les plus rares du monde le retenaient loin. J'avais quand même parié qu'il viendrait fêter mes dix-huit ans. Les révélations de ma mère pulvérisaient le père qui vivait dans ma tête, remplaçant celui-ci par une pipette en plastique d'une dizaine de centimètres et une odeur de laboratoire.

Avant de franchir le seuil de l'appartement, Éric m'a dit : « Mon épouse dort peut-être, elle est souffrante. Elle ne va pas dîner avec nous. » Mais la mère de Domitille se tenait dans l'entrée en chemise de nuit, une vieillerie à dentelles que je lui aurais bien empruntée pour Halloween.

— Oh Quitterie, vous arrivez à vous lever !

— Oui Éric, je t'ai sorti quelques draps, j'ai pas vérifié la taille, je te laisse faire le lit de Kalindra. Moi, je vais me recoucher.

Le roturier vouvoyait l'aristo qui en retour le tutoyait. Domitille me l'avait déjà expliqué, c'était une exigence de sa mère qu'elle disait due à son statut, mais l'entendre paraissait très étrange.

J'ai avancé dans l'entrée. J'étais déjà venue quelques fois ici pour préparer des exposés. Domitille habitait un de ces grands appartements haussmanniens avec moulures au plafond et poignées dorées. L'aubaine d'être logés sans payer ne permettait pas aux la Patemollière de tout redécorer. Tapisseries fatiguées, sièges Louis quelque chose, lampes en laiton… la mère de Domitille feignait la nostalgie, mais je savais bien qu'elle lisait des magazines de design. Il faisait toujours froid chez eux. En hiver, Mam mettait dans mon sac à dos un deuxième pull pour aller goûter rue de Solférino. Ce soir, elle avait ajouté une polaire (le poids de la culpabilité, sûrement). Des radiateurs anciens étaient visibles dans chaque pièce, mais Domitille m'avait expliqué qu'il était absolument interdit de les allumer.

Chaque fois, je restais immobile un long moment dans l'entrée, à contempler sur les murs les portraits d'ancêtres, peintures à l'huile et clichés sépia. Dans le salon, où Éric m'avait servi un verre d'eau sur la table basse, se trouvait mon tableau préféré : l'arbre généalogique de la famille La Patemollière. Un énorme chêne aux ramifications longues et robustes. Des centaines de noms écrits en italique. Des vies humaines qui remontaient jusqu'en 1630. En comparant la famille à une armée, j'aurais pu dire que les Patemollière présentaient des troupes et des garnisons bien fournies, tandis que nous, les Ferrini, étions décimés.

Les Ferrini, combien de divisions ?

Chez nous, on n'osait même pas poser la question. Quant aux murs de notre T2, ils ne montraient que des photos de stars et le diplôme d'aide-soignante de Mam.

Domitille était en train de donner le bain – d'eau chaude (vrai luxe) – à ses trois petits frères, Donatien, Emery et Stanislas. Ils étaient sept enfants, elle avait trois grandes sœurs mais sa mère avait décrété que c'était à Domitille de s'occuper des plus petits. Une large flaque autour d'elle et de la mousse sur les avant-bras, elle se démenait pour les shampouiner avec une lotion anti-poux. « T'arrives au pire moment Kali. On en a encore ! On se gratte tous comme des fous. » J'enviais presque cette profusion de vie dans le foyer de mon amie. Même les poux ne venaient pas chez nous. Mam craignait tellement les insectes qu'aucune larve n'avait la moindre chance d'éclore, et après une visite chez mes grands-parents, elle lavait tous nos vêtements à 60 degrés. Certains tissus ne résistaient pas à cette température, mais elle s'en fichait. Elle disait vouloir les purifier et surtout enlever les odeurs.

J'ai pris un des peignes antilentes et la tête d'Emery pour faire du mèche à mèche. À côté de moi, Domitille épouillait Donatien. « T'as pu faire nos devoirs ? » a-t-elle dit tout bas. Il me restait à recopier les miens en imitant son écriture, et j'allais le faire pendant que Domitille préparerait le repas. Elle ne m'avait toujours pas posé de questions, peu étonnée que je débarque chez elle un soir de semaine. Moi qui n'avais jamais été autorisée à le faire jusqu'ici.

— Ta mère est malade ? ai-je demandé alors que je l'aidais à mettre ses frères en pyjama.

— Non, elle est tombée à la manif.

Domitille m'a raconté que Quitterie s'était rendue à la Manif pour tous et qu'elle-même avait été réquisitionnée pour l'aider avec ses frères et les poussettes. Sa mère avait trébuché et s'était étalée de tout son long avec la banderole « Un papa, une maman ». Au lieu de la plaindre, j'ai souri en me disant qu'évoquer la PMA ici, ce serait comme parler charcuterie en Arabie saoudite.

Après un dîner frugal – Domitille n'avait pas bien calculé la portion de riz pour huit enfants – et une fois ses deux plus jeunes frères endormis dans les lits superposés, je me suis lancée :

— Je viens de découvrir que je suis née d'un don.

— Un don de quoi ?

— Sperme.

— Beurk !

— Ça veut surtout dire que j'ai pas de père.

— Mais celui qui est portugais et qui voyage ?

— Il n'existe pas. Il y a juste quelqu'un qui a donné des graines, tu vois, mais qui ne veut pas être mon père.

— Mince, pas cool… Enfin, désolée pour toi, Kali. Mais bon, y a bien un homme grâce à qui tu es née. C'est pas la Vierge Marie ta mère !

— Oui…

— Ce serait top de le connaître, non ? Peut-être que vous avez des points communs.

— Je sais pas… J'arrive pas à l'imaginer.

— Tu devrais le chercher, Kali. Et comme dans les films, il t'ouvrirait les bras et te dirait : « Ma chérie, je t'ai attendue toute ma vie… »

Le sujet me remuait bien trop. Je me sentais m'écrouler intérieurement.

« Ouais, on peut toujours rêver, ai-je dit. Bon, on parle des mecs de la classe ? Avec lequel tu voudrais le moins, mais genre jamais de la vie, sortir ? On fait le contre-podium. »

Un moyen, comme d'habitude, de parler très vite de ceux qu'on trouvait beaux gosses. Domitille rêvait d'épouser les youtubeurs Squeezie et Tibo InShape, celui qui faisait de la muscu. Elle regardait leurs vidéos en douce sur l'ordi de son père. Il s'avérait assez nul pour vérifier l'historique. Si sa mère l'apprenait : drame absolu, passage chez le notaire pour déshéritage.

Cette nuit-là était la première que je passais chez mon amie, un peu d'écume de culpabilité m'a submergée. Je me sentais bien loin de chez moi, loin de ce nid à secrets.

« Tu sais, Kali, des secrets, je suis sûre qu'on en a aussi chez nous. Avec tout ce jeu des apparences, c'est obligé. Y a deux semaines, ma mère m'a balancé cette phrase que je ne suis pas près d'oublier : "Toi, c'est sûr, tu ne seras jamais à la hauteur de ta particule." »

Elle a soupiré et pris ma main. Nous étions dans le même lit. Lovée dans mon pull-doudou – le sweat à capuche Adidas – je me suis endormie rapidement et j'ai fait un rêve hollywoodien, comme s'il avait été écrit par Domitille. Je rencontrais mon père qui ressemblait à George Clooney. Il souriait beaucoup et me proposait d'apprendre à conduire sa voiture.

10

Quotient CAF

AU PARKOUR, j'ai tenté d'aborder le sujet de l'entourage parental avec Jessica. Comme elle parlait parfois d'allocations et que sa peau se parsemait régulièrement de bleus, je supposais chez elle une famille dysfonctionnelle, peut-être quelques violences. Si elle voulait bien partager son malheur, elle pourrait me consoler. L'initiative s'avérait peu loyale, mais mon collège regorgeait d'enfants qui prétendaient être heureux. Pour échauffer la conversation, je me suis appuyée sur une actualité que je suivais de près : les féminicides. Je craignais que ma mère en soit victime un jour, au vu de ses sélections sentimentales. En Corse, une mère de famille de trente-cinq ans venait de se faire tuer par son ex. Trois balles. Malgré quatre signalements à la police ces six derniers mois.

Jessica a répliqué simplement « Tous des connards ! » et s'est penchée pour nouer ses lacets. Pas découragée, j'ai continué :

— Toi, Jessica, tes parents, ils sont toujours ensemble ?

Elle a tourné la tête, l'air pas ravi :

— Putain, t'es assistante sociale ou quoi ? Tu veux mon quotient CAF aussi ?

— Pardon, c'est bon. Je viens d'apprendre un truc sur mon père… Ça me perturbe.

— Bah, ça peut pas être plus pire que mon père à moi. Il s'est cassé avec un homme. Mes grands-parents veulent plus le voir et comme c'est souvent eux qui nous gardent, je galère à fond à passer du temps avec lui. Il m'appelle mais c'est naze au téléphone. Et il m'envoie des textos pourris pleins d'émojis qui sont jamais les bons, tu vois quoi.

J'imaginais jusqu'ici le combo coups de ceinturon/litrons/jurons chez le daron, je m'étais plantée. Mais j'avais réussi à faire parler Jessica.

— Relou qu'il sache pas écrire des textos ton père !

— Et le tien, c'est quoi son problème ?

— Ben, je croyais savoir qui c'était, mais en fait c'est une erreur. Ma mère m'a faite en laboratoire.

— T'es une cyborg, meuf !

— Haha, non, je me sens plutôt naze d'avoir cru à un vrai père, alors que celui qui est à l'origine de ma naissance est juste un mec qui est rentré quelques minutes dans une cabine pour remplir une pipette et encaisser quelques billets.

— Ouais mais tu devrais le chercher. On sait jamais. Depuis, peut-être qu'il est devenu un milliardaire ou genre méga connu.

Je doutais de l'hypothèse en m'approchant d'une série de bancs, les genoux élastiques, les chevilles souples. Cette arnaque du père a fait gonfler la rage qui s'est concentrée dans mes jambes. J'ai sauté les trois bancs à la suite. Pleine d'orgueil, je me suis redressée en me disant que mon géniteur serait fier de moi. Il était d'ailleurs peut-être un de ces passants qui me regardaient.

11

Vidéo sur canapé

PENDANT LA RÉCRÉ DE 15 HEURES, une surveillante est venue me chercher. « Kalindra, ta mère est là. Il paraît que tu as un rendez-vous médical urgent. » Je ne voyais pas de quoi elle parlait et j'avais un contrôle de géographie qui commençait dix minutes plus tard.

Un sourire de Père Noël de supermarché aux lèvres, Mam m'attendait à l'entrée du collège. J'avais envie qu'elle disparaisse. J'ai regardé ma montre, je devais être en cours dans six minutes.

— Tu sais que je suis censée aller en cours d'histoire-géo ? J'ai un contrôle super important !

Doigt sur la bouche, elle m'a adressé un regard rieur.

— On va faire de la Ferrari !

— Quoi ? C'était ça le rendez-vous médical, mais c'est n'importe quoi ! Tu peux pas me faire ça, Mam !

— Te faire ça ? Mais ma chérie, on parle de faire de la Ferrari !

— On n'est pas chez les Kardashian. J'ai un contrôle de géo, je t'ai dit. À ce soir !

La colère est montée d'un coup. Une fois de plus, ma mère, incapable de discuter comme n'importe quel parent de base, tentait de m'éblouir pour nous réconcilier. Des paillettes pour me faire oublier mon histoire de paillette.

Furieuse, les larmes aux yeux, je suis arrivée essoufflée et en retard en classe, tout ce que je déteste. J'espérais que personne ne nous avait vues. Je n'arrivais pas à me concentrer sur la carte de l'Allemagne que la prof nous avait distribuée et j'en voulais encore plus à Mam. Mon sanctuaire scolaire, là où je pouvais évoluer sans elle, était profané.

Le soir, au dîner, elle a décidé de m'ignorer. Elle voulait me montrer qu'elle avait été blessée par mon refus de la suivre. Je n'avais pas non plus envie de lui parler, mais j'ai essayé d'être la plus adulte de nous deux et d'apaiser les choses.

— Alors, c'est quoi Mam, t'as acheté une Ferrari ?

— Pfff, non… Tu verras, si tu viens avec moi. Demain tu peux ?

— J'ai école comme tu sais…

— T'es vraiment pas drôle !

— Et toi alors ? Tu crois que c'est drôle pour moi de savoir que tu m'as menti sur mon père pendant toutes ces années ? T'as pas honte ?

— C'est pas…

— Tous ces mots et poèmes écrits depuis le CP, ces dessins, ces créations en pâte à sel pour dire en gros *Papa je t'aime…* Tu en as fait quoi, tu les as jetés à la poubelle ?

Ma colère enflait, les larmes avec. Tsunami sur mes joues. Ma mère se taisait.

— Et cette prétendue photo de Papa et moi, le moustachu et le bébé, c'est bidon alors ! ai-je crié. Tu l'as piquée chez un de tes patients ?

— Non, c'est Régis, tu sais, mon copain fou d'Elton John. Il me l'a donnée. C'est une photo de son oncle. Il disait que c'était important d'avoir au moins une image.

— Pathétique ! Et tu t'es cachée pour écrire ces fausses lettres… j'imagine que tu t'es arrangée avec quelqu'un pour faire envoyer les cartes postales et diffuser un parfum d'exotisme dans ma petite vie… Pourquoi t'as fait ça ?

Elle a bredouillé, les yeux baissés :

— Pour ton équilibre. Je voulais que t'aies un père quelque part. Que tu te sentes aimée, et pas trop différente des autres, je sais pas… C'était peut-être bête de ma part.

Pour la première fois, Mam paraissait bouleversée pour une chose qui me concernait, mais je n'arrivais plus à l'écouter. J'avais besoin d'aller pleurer dans mon oreiller. D'être en tête à tête avec ma tristesse. Je me suis souvenue que dans ma classe, quelqu'un partageait peut-être mon sentiment de solitude. Un autre enfant unique : Joseph. Depuis ses neuf ans, il ne vivait qu'avec sa mère, j'avais appris par Domitille que lors du divorce, son père avait demandé la garde alternée. Non pour lui mais pour Lully, leur braque de Weimar. Le chien faisait des allers-retours entre les deux foyers depuis quatre ans, mais pas Joseph. Son père passait simplement le chercher un week-end sur deux. Ou il passait le voir, peut-être la semaine où il n'avait pas le chien et que le clébard lui manquait trop.

Dans une boîte à chaussures, rangée dans un tiroir de mon bureau, il y avait mes cartes postales que je considérais comme un trésor avant. J'ai relu la dernière envoyée de Grèce par ce faux père-voyageur :

Ma Kali chérie, un bisou de Mykonos. Dès que j'ai un moment, je viens te voir. Tu dois avoir tellement grandi ! Je t'embrasse. Ton Papa pour toujours.

Le choix des mots autant que la cruauté du mensonge me donnaient envie de pleurer en effet *pour toujours.* Je m'apprêtais à tout jeter dans la corbeille quand la sonnette a retenti. C'était M. Durondelle. Il avait encore un souci avec son ordinateur sur lequel il aimait se lancer dans des parties de cartes, genre réussite ou solitaire. Ma mère a laissé le voisin sur le seuil et m'a appelée pour que je m'en occupe.

« Kalindra, mon logiciel est coincé. Avec ma souris je n'arrive plus à bouger les cartes. On appelle ça un bug je crois… »

La créativité de M. Durondelle m'épatait toujours, et ce soir, elle me redonnait l'envie de sourire. Il n'exprimait jamais deux fois la même requête, il se renouvelait de façon surprenante. En plus, il avait frappé à la bonne porte pour un problème de « solitaire ». Un sourire mi-amusé mi-triste sur les lèvres, je l'ai suivi dans les escaliers.

Il vivait dans un deux-pièces un peu sombre. Son bureau avec son ordinateur trônait dans un coin de son salon, derrière un fauteuil club vert. Rapidement, j'ai identifié le problème et j'en ai tiré une petite source de fierté. Sa souris gisait, débranchée. D'un geste, je l'ai reconnectée puis j'ai montré à M. Durondelle qu'on pouvait désormais manipuler les cartes sur l'écran et mettre le cinq de pique sous le six de carreau. « Continue, a dit mon voisin, qu'est-ce que tu jouerais après ? » J'ai cliqué sur le paquet de cartes qui se retournaient trois par trois, et poursuivi la partie. Durondelle me donnait de temps en temps son avis. « Prends le valet. » « Essaie le dix de trèfle. » « Là, le huit de cœur. » On a gagné, alors j'ai relancé une autre partie. Je n'avais rien de mieux à faire.

C'est ma mère qui a fini par nous interrompre en sonnant chez Durondelle. Elle m'a fait remarquer que je n'avais pas encore commencé mes devoirs comme pour laisser tomber cette histoire de Ferrari et jouer les mères modèles. Et c'était vrai. J'avais un exposé à préparer sur la Première Guerre mondiale.

Devant l'écran de notre vieil IBM, je suis tombée sur une icône que je n'avais jamais vue. Une vidéo intitulée *Coco à Paris*. Les sourcils crispés, la méfiance en bandoulière, j'ai ouvert le fichier pour découvrir une présentation, type candidature à un casting. Une manœuvre de Mam pour s'expliquer ?

Elle était assise sur le canapé et avait dû poser le téléphone sur la table basse en face d'elle. L'image en contre-plongée était assez peu valorisante.

« *Alors voilà, je me présente, je m'appelle Coco. J'ai… Non, non, non, je ne vais pas dire mon âge. Ou alors plutôt mon âge de Parisienne. La première fois que j'ai atterri dans la capitale, j'avais vingt et un ans. La Ville Lumière a été celle de ma transformation, de ma libération. Ici, grâce à une copine de lycée qui m'hébergeait, j'ai connu un étudiant qui finissait son internat en chirurgie reconstructrice. Vincent. Il comprenait tout de mes complexes : ma poitrine, mon nez, ma bouche… Je trouvais que rien n'allait. Sur la nappe en papier d'une table de café, il m'a dessinée. "Ton nez, tu vois, je le ferais bien comme ça. Et regarde, avec ces seins-là, tu serais superbe", a-t-il dit en croquant au stylo ce qu'il imaginait comme on présente un plan d'appartement à des amis. Mais ces seins, il me les a offerts. Je veux dire que j'ai été sa première patiente. Je sais qu'il attendait quelque chose de moi et c'est le premier homme sur qui j'ai eu un peu de pouvoir. J'ai profité de cette puissance après ce que j'avais vécu dans ma cambrousse.*

Je suis retournée voir mes parents à la ferme pour affronter ma mère qui n'avait jamais osé être une femme à part entière. Lui dire que Corinne n'existait plus. Que désormais j'étais Coco. Mon père était là bien sûr avec un copain, un certain Maurice qui ne décollait pas son regard de mes seins. J'intéressais enfin quelqu'un à la ferme. Ça m'a fait du bien de défier Giovanni et Renée, mais je suis vite retournée à la ville. Je n'allais pas rester dans cette prison, j'avais besoin de chercher de l'amour, du désir, d'allumer des lumières et des regards.

Je me suis fait teindre en blond platine, genre Marilyn Monroe, et j'ai été embauchée comme serveuse au Hard Rock Café. J'avais hésité à postuler au Planet Hollywood, mais le Hard Rock Café, c'était vraiment à part. Je m'y sentais un peu américaine, la serveuse de diner qu'on voit dans les films. Avec ce boulot, j'ai pu me rendre compte que j'aimais bien prendre soin des gens, les conseiller sur les plats, veiller à ce qu'ils ne manquent de rien à table, les aider à remettre leur manteau… Une autre serveuse, Sylvie, m'a dit que je devrais devenir aide-soignante, qu'il y avait plein d'offres d'emploi et que la formation ne durait qu'un an. Je n'avais pas assez d'économies et mes parents considéraient déjà que j'avais une dette envers eux. À cause de ce qui m'était arrivé… »

La vidéo se terminait abruptement. Je me demandais pourquoi elle l'avait faite, si elle l'avait envoyée quelque part. Surtout, je ne comprenais pas son histoire de dette ni ce qui avait bien pu lui arriver.

12

Norma Jeane Baker

Mam avait sympathisé avec Quentin, le loueur de Ferrari de la place du Trocadéro qui permettait aux touristes de nourrir leur Instagram, la tour Eiffel pour toile de fond. Il se les gelait dans son petit gilet matelassé à attendre toute la journée devant ses trois Ferrari garées le long du trottoir, et Mam lui avait apporté plusieurs fois des cafés. Pour la remercier, il lui avait proposé un petit tour de bolide. Je voyais d'ici le tableau, elle avait dû répondre « Ça ne se refuse pas ! », rire et papillonner des yeux, avant de lui claquer une bise sonore. Mais bon, j'avais fini par accepter de la suivre dans son projet auto, le visionnage de sa vidéo ayant un peu refroidi ma colère.

Avec un arrière-goût de lâcheté, j'ai choisi la Ferrari décapotable, en essayant de me prendre au jeu. Je me suis assise à l'arrière et bizarrement, Mam est venue me rejoindre. Elle ne semblait pas d'humeur à séduire Quentin.

Il a mis du David Guetta et fait vrombir le moteur. Il avait pour ses voitures des plaques luxembourgeoises, donc il était plutôt tranquille côté radars et limitations de vitesse. Il nous expliquait qu'il ne recevait pas les amendes. Sur les quais de Seine à cent deux kilomètres à l'heure, je voyais défiler la réplique de la statue de la Liberté de Beaugrenelle, les péniches, le Louvre... Je m'étais imaginée par avance blasée par le côté kitsch de cette sortie, mais je n'ai pu retenir quelques frissons de plaisir.

Ma mère, qui retenait des mèches de cheveux dans l'espoir de ne pas être trop décoiffée, m'a demandé si je lui en voulais encore. « Je suis tellement heureuse de t'avoir. On est bien toutes les deux, non ? Et tu vas voir, on va s'en sortir avec ton adolescence. »

Sous l'effet du vent, les pointes de ses longs cheveux caressaient mon visage par moments. C'était doux. Et c'était la seule caresse que je pouvais espérer d'elle. Mam s'inscrivait dans le schéma assez typique de la mère-copine mais, depuis quelque temps, sans l'option tactile. Elle devait se dire qu'une ado, ça ne se câline pas. Pourtant, mon petit moi réclamait encore ses bras.

Elle m'a dit de me tourner vers son téléphone pour un selfie. « Les Ferrini en Ferrari, c'est pas beau ça ! Faut absolument publier ce moment sur Insta, sinon, pour les autres, il n'existe pas. »

Nous avons passé une belle journée et le soir, je me suis attelée à ma rédaction dont la consigne était « Vous retrouvez un objet que vous aviez perdu et auquel vous étiez attaché ». Je pensais disserter sur mon sweat à capuche Adidas que j'avais bêtement laissé chez

Domitille. Elle avait mis du temps à me le rendre, genre « j'ai encore oublié, *sorry* », alors qu'il s'agissait de *mon* sweat refuge. Quand je me sentais triste et seule, je me pelotonnais dans ce gilet zippé bleu marine, capuche rabattue sur la tête, et j'atteignais la sérénité en adoptant une position fœtale.

J'ai pris mon stylo-plume pour tenter d'épater un peu le prof de français avec ma prose psycho-ado. J'aurais pu aussi écrire sur ce cendrier arc-en-ciel en poterie que j'avais fabriqué pour la fête des Pères en CE2. J'avais eu du mal à accepter de le mettre dans un colis à destination du Portugal, car je rêvais de pouvoir le lui donner en mains propres tellement j'étais fière de ma création. Je suppose que je désirais entendre de sa voix des compliments.

Je me demandais si, malgré tout, ce conte du père-voyageur ne m'avait pas nourrie et construite. Je comprenais un peu les intentions de Mam, mais sa trahison me griffait le cœur. Cela me faisait penser à son livre de chevet, à cette bio de Marilyn Monroe que ma mère lisait pour des raisons obscures. Était-ce une manière de réfléchir à ce qu'elle m'avait fait ? L'enfance de la star avait été bercée de récits mensongers autour de son géniteur, je le savais car j'avais lu des passages du bouquin. La petite Norma Jeane avait grandi avec l'espoir fou que son père vienne bientôt la voir, sa mère multipliant les promesses, créant un effet dévastateur sur Marilyn, en séduction permanente, future proie toute désignée pour les hommes. *Poupoupidou.*

Sur une feuille perforée à grands carreaux, j'ai commencé ma rédaction.

Je pourrais vous parler de cette carte postale de Mykonos que j'ai retrouvée récemment, mais je viens de comprendre qu'elle n'a aucune valeur.

Non, je n'avais pas envie de parler de la disparition de mon père. Déjà que j'étais la plus pauvre de la classe… J'ai attrapé une nouvelle feuille et me suis appliquée pour effectuer de belles boucles à l'encre bleue.

Mon sweat à capuche représente pour moi en quelque sorte une enveloppe fœtale. Fille unique, mature et chargée de responsabilités, j'aime l'idée de pouvoir redevenir un bébé dans ce vêtement. Et quand je l'ai perdu…

13

Le calque

C'ÉTAIT LE JOUR DE NOTRE PHOTO DE CLASSE. On devait la recevoir et Domitille se montrait surexcitée. Même si elle avait comme moi du mal à s'intégrer, elle aimait tout ce qui se rapportait au groupe, à la collectivité. Cette photo irait dans sa cuisine au-dessus de celles où elle posait avec ses trois frères et ses trois sœurs.

Lors de la séance, Bastien avait osé faire un doigt d'honneur. Plusieurs d'entre nous l'avaient vu, alors que le photographe n'avait rien remarqué. Domitille riait à l'idée qu'on obtienne ce cliché, mais je me doutais qu'il serait censuré avant impression. Les parents ne paieraient pas pour ça, et encore moins pour les produits dérivés entachés par ce geste d'ado en mal de reconnaissance. Pour 17 euros, on pouvait avoir, en plus du tirage, un calendrier affichant les tronches de la classe.

Quelque chose me perturbait bien plus que la légère déception de ne pas voir le cliché censuré. En regardant les visages de mes camarades sur la photo officielle, je voyais ceux de leur père ou de leur mère croisés à la rentrée, ou à certaines réunions parents-profs. De véritables miniaturisations. Jeanne avait le nez d'aigle de son paternel, un consultant toujours pressé et débraillé. Antoine trimbalait les oreilles en chou-fleur de sa mère avocate à la voix stridente. Helena, c'était encore pire, elle se révélait être un clone maternel, même avec son appareil dentaire…

Sur le banc de la récré où je restais figée, Domitille m'a secouée. « Qu'est-ce que tu regardes comme ça depuis tout à l'heure ? C'est juste une photo de classe, faut t'en remettre, ma poule ! » Assez fière de sa petite gouaille de rebelle vu son milieu, elle me scrutait avec curiosité. « Ben, moi, ai-je répondu. Je ressemble pas du tout à ma mère. Y a rien dans mes traits qui soit comme elle. C'est fou, non ? » Autant j'avais des cheveux bruns frisés, des yeux sombres, un nez à la grecque et la peau mate, autant ma mère était blonde (certes un peu aidée par les décolorations), avec une peau de Suédoise et de grands yeux bleu pâle. Comme si on disait que Jasmine du film *Aladdin* était la fille d'Elsa, la Reine des neiges.

J'avais déjà observé cette aberration en traçant un jour sur du papier calque le visage de ma mère figé sur une photo d'identité. Une fois le calque posé sur ma carte d'identité : rien en commun. Aberrant. Tous mes traits se révoltaient, aucun ne consentait à rentrer sous le sillon du crayon. Je devais donc logiquement avoir le visage de mon père, cet inconnu généreux ou totalement fauché qui avait donné son sperme et ignorait tout de mon existence. Et il n'y avait pas que l'apparence, mes goûts aussi étaient loin de pouvoir se calquer sur ceux de Mam. Est-ce que mon envie, absurde selon elle, de devenir volcanologue me venait de lui ? Ou seul le livre que Papy m'avait lu sur l'Etna quand j'avais huit ans suffisait à expliquer cette vocation ?

Je suis rentrée à la maison avec ma pochette sous le bras et la gueule de Calimero. Maman aussi avait rapporté quelque chose. Je l'ai surprise en train de ranger une enveloppe rapidement dans son sac au moment où j'entrais avec mon bol de Choco Pops. C'était quoi ce truc ? Encore un nouveau secret ?

Elle a ouvert l'ordinateur pour regarder des photos sur des sites de chirurgie esthétique. « Regarde, elle, c'est absolument fou ! Nez, menton, joues. Une vraie sorcière au départ et là, hop, elle est transformée en fée ! Et lui, tu lui donnes quoi ? Cinquante ans ? Après intervention, bim, on dirait son fils. Regarde, Kali ! »

Je n'avais pas du tout la tête à ça. J'ai évoqué une urgence scolaire, un truc à faire tout de suite, mais aucun déclic. « Tu crois que Sophie Marceau, elle a fait un truc ? » a-t-elle lâché comme si je n'avais rien dit. « Et regarde dans ta tranche d'âge, Bella Hadid et Kylie Jenner, elles étaient vraiment pas jojo ados. Aujourd'hui, grâce au scalpel, de vrais petits papillons sont sortis de ces affreuses chenilles ! » Je lui ai demandé de me laisser seule devant les papillons. J'allais scruter ça de très près… pour bien me rendre compte de leur évolution.

Elle a souri et, reprenant sûrement l'une de ces citations dénichées sur Internet, a ajouté : « Comme le dit Aristote, la beauté est un appui préférable à toutes les lettres de recommandation. » Je suis restée muette. Elle a fini par quitter mon refuge, en oubliant son sac au pied du lit.

J'ai saisi l'enveloppe blanche qui dépassait. À l'intérieur, une brochure Estée Beauté avec un slogan, « Vous en mieux », puis des photos de femmes en peignoir se livrant, tout sourire, aux mains d'experts en blouse blanche. Les femmes paraissaient plus jeunes et plus en forme que ces médecins qui s'occupaient d'elles. C'étaient eux qui auraient dû s'allonger sur la table et se faire opérer.

Je feuilletais la brochure, mi-dégoûtée, mi-inquiète. À la fin, j'ai découvert dans la grille des tarifs le mot *Rhinoplastie* entouré, avec le prix. Cinq mille euros. Cela signifiait deux choses :

1/ Maman et moi allions encore moins nous ressembler.

2/ Elle allait prendre un nouveau crédit.

J'ignorais comment elle comptait l'obtenir cette fois. La précédente, je lui avais créé de fausses fiches de paie en regardant des vidéos sur Internet. Mais là, elle n'oserait peut-être pas me demander mon aide.

Depuis le salon, elle m'a interpellée : « Hé, Kali, tu n'es pas mal sur la photo, mais tu aurais pu te maquiller comme je te l'ai appris. » Elle avait ouvert la pochette que j'avais laissée en évidence sur la table basse, une sorte d'hameçon, car je voulais en discuter.

— Tu ne trouves pas que les autres ressemblent fort à leurs parents ? ai-je dit en m'approchant du canapé.

— Oui, je ne sais pas.

— C'est évident. Même Domitille, elle a les yeux et la bouche de sa mère.

— Peut-être, mais je n'aime pas son pull, il n'a pas de forme.

— Il n'y a que moi qui ne ressemble à personne.

— Qu'est-ce que tu racontes ? Vous êtes tous très beaux et promis à un bel avenir. Où est mon sac ?

— Tu l'as oublié dans ma chambre.

— Va me le chercher et prends 20 euros. Demain, avant de rentrer, tu iras nous acheter un cadre. Tu es à Montesquieu ma chérie. Cette réussite sociale, il faut l'encadrer !

14

Le cheval de Troie et la biscotte

JE N'AVAIS PAS LE CHOIX : je devais chercher mon géniteur. Pour cette quête affreusement solitaire, je n'avais aucune idée de l'endroit où trouver des informations sur les donneurs, les *banques de sperme* – rien que ces mots me faisaient plisser la bouche de dégoût, l'expression me répugnait, mais le temps de « la graine du papa » était passé, il fallait que je grandisse.

J'ai donc décidé de traiter cette recherche comme une préparation d'exposé de classe. Direction la bibliothèque, où j'étais fière d'avoir rapporté mon Harlequin en toute discrétion, juste après la réussite de l'opération Lola. La bibliothécaire, une femme brune avec des petites prunelles noires qui me faisait penser à un ragondin, se montrait très vigilante sur les entrées et sorties des bouquins.

Évidemment, devant son air sévère de ragondine contrariée, j'ai bredouillé. Je me sentais incapable de lui détailler ma vraie demande. Rougissante, j'ai prétexté un exposé sur la reproduction et elle m'a orientée vers les ouvrages de biologie. Comme les documents ne me présentaient que des schémas anatomiques aux couleurs passées et des images sur les stades de la grossesse, je me suis dit que mon enquête n'avancerait pas ainsi. Je ne savais pas où dénicher des livres sur les mamans qui font des bébés toutes seules… J'aurais certainement plus de chance sur Internet, dans un cybercafé ultra-sécurisé : chez M. Durondelle, par exemple, toujours preneur de conseils informatiques. Il valait mieux éviter que ma mère ne découvre la « machination » – j'adorais ce terme qui me plaçait en héroïne d'un livre de John le Carré ou d'un thriller Netflix – j'avais déjà pris beaucoup de risques avec l'opération Lola et notre vieil ordi à partager n'était pas le bon outil pour ma quête secrète.

Mon voisin, étonné que je lui propose de nettoyer son navigateur Internet de ses cookies, m'a invitée à entrer. Je l'ai baratiné en expliquant qu'il fallait le faire régulièrement, comme le ménage, sous peine d'avoir des virus. Et surtout, je lui ai lâché nonchalamment que rendre service me faisait plaisir. Ma manière à moi d'être un peu la scoute de l'immeuble.

Il a ri avant de me demander : « Est-ce que tu veux un chocolat chaud ? »

Les murs de l'appartement étaient habillés de deux calendriers de La Poste des années 1998 et 1999 avec des chatons au regard humide dans un panier, de deux petits cadres photo montrant un jeune homme en pantalon beige posant avec des tribus africaines et d'au moins une dizaine de photos d'une fillette, puis jeune fille puis adulte au nez pointu et à l'air revêche. Les pires étant de loin ces grands clichés noir et blanc encadrés, vraisemblablement pris par un de ces photographes saisonniers harcelant les touristes à la plage, la montrant dans sa vingtaine en maillot à genoux dans le sable, la tête basculée en arrière, style playmate mais de Mulhouse. Je me disais qu'un jour, je questionnerais Durondelle sur cette fille.

Je me suis installée à son bureau, parfaitement rangé, où il collectionnait les petites étiquettes à son nom, à coller au dos des enveloppes. Ces cadeaux offerts par Médecins du Monde étaient certainement devenus inutiles : Durondelle ne devait plus écrire à grand monde.

Alors que les premiers effluves cacaotés me chatouillaient le nez, j'ai dégotté sur un site des explications sur le fonctionnement d'un « laboratoire à bébés » au Portugal. La future mère devait passer deux rendez-vous médicaux, puis donner quelques critères pour que le labo lui trouve un donneur anonyme. Dans d'autres pays, cette étape se faisait comme sur les sites de rencontre en sélectionnant des critères très précis : diplômé, sportif, extraverti, timide, plutôt jeune… Cependant, cela se basait sur ce que les hommes avaient bien voulu raconter d'eux. C'était invérifiable, même en regardant leur semence au microscope. Il devait forcément y avoir des portraits enjolivés, voire des arnaques. D'ailleurs, je suis tombée rapidement sur un article qui racontait une histoire assez scandaleuse.

Un couple de Tokyo, ayant découvert au cours de la grossesse que le donneur n'était pas un Japonais surdiplômé mais un Chinois sans le sou, avait déclaré vouloir abandonner le bébé à la naissance. Malgré des années de combat contre ses problèmes de fertilité, la mère n'avait pas cédé face aux réactions indignées. Elle était partie, laissant le nouveau-né derrière elle à la maternité. J'avais les larmes aux yeux en balayant l'article et reniflais encore quand M. Durondelle s'est approché du bureau, un plateau à la main.

« Alors, ces cookies ? »

Un instant, j'ai pensé qu'il parlait biscuit, mais je me suis reprise aussitôt.

« Ça mouline, ça mouline… »

J'ai vite fermé les fenêtres des sites consultés. Assis dans son grand canapé en velours marron, M. Durondelle ne regardait même pas, il versait le chocolat chaud avec application. Sur le plateau, posé sur sa table basse en verre et bambou, les tasses fumaient. Le chocolat chaud paraissait brûlant. Le temps que ça refroidisse et qu'on boive notre breuvage, j'en avais bien pour quinze minutes de conversation. Cette socialisation était le prix à payer pour la connexion.

« M. Durondelle, ai-je improvisé, vous buvez souvent du chocolat chaud ? »

C'était bateau comme question, mais bon, j'étais prise au dépourvu.

— Rarement, en fait, c'est pour te faire honneur. Et tu peux m'appeler par mon prénom, Amédée, même si je ne m'y suis jamais fait.

— Amédée, c'est pas si mal.

— Quand j'étais enfant, les garçons se moquaient beaucoup de mon patronyme, alors en plus, avec ce prénom original, je dégustais.

Il m'a confié qu'il aurait voulu se prénommer Dick, comme ce soldat américain qu'il avait croisé je ne sais plus où – j'avais un peu décroché – pendant une guerre mondiale, je crois. Dick, je trouvais ça nul, mais je n'ai rien dit. Je sirotais enfin mon chocolat et

M. Durondelle laissait planer le silence. Du coup, j'ai ajouté :

— Avant, je rêvais de m'appeler Mathilde. C'était le petit nom de notre chatte à Montpellier.

— C'est vrai que tu as vécu là-bas toute seule avec ta maman. C'est pas trop dur d'être fille unique, dis-moi ?

— Ben, ça dépend. En fait, oui, surtout depuis quelque temps.

— Je comprends, je vis seul ici dans cet appartement qui me paraît trop grand. Je suis *vieux unique*, a dit M. Durondelle en souriant.

Il paraissait content de sa trouvaille langagière, puis il s'est assombri. « La solitude, ça me pèse », a-t-il dit.

Après cette pause chocolatée, il est reparti avec le plateau vers la cuisine et j'ai effectué encore quelques recherches qui n'ont pas donné grand-chose. J'avais besoin de plus de temps. J'ai éteint l'ordinateur et quitté le bureau.

— Tu as terminé ? a demandé Amédée.

— Pas vraiment mais ma mère m'attend.

J'ai enfilé mon manteau, puis avant de partir, je me suis tournée vers lui et j'ai évoqué une nouvelle menace informatique redoutable pour son Dell. « Amédée, vous avez entendu parler du virus le *cheval de Troie* ?

— Non, c'est lié à la mythologie ?

— Je sais pas mais ça infecte les ordinateurs et vole vos données.

— Oh là là, qu'est-ce qu'il faut faire ?

— Je vais revenir demain si vous êtes OK, parce que j'ai un doute. Je pense que votre PC est infecté. Là, je dois rentrer.

Ce n'était pas très sympa de ma part, mais *aux grands maux les grands remèdes*, comme disait la mère de Domitille.

J'ai retrouvé ma mère dans le salon avec Daniela, son amie esthéticienne qui venait souvent prendre un café et feuilleter des magazines people à la maison. Mam était en train de lui donner une conférence « Connaissance des hommes »… « Tony, ce n'était pas la bonne cible, expliquait-elle. Je m'étais promis de viser plus haut et je compte bien remettre le pied à l'étrier pour dénicher l'homme qu'il me faut. Quand j'aurai trouvé, j'hésiterai pas à sortir le grand jeu. Tu sais, Daniela, les hommes, il faut en faire des chevaliers au début, leur donner des missions : ouvrir un bocal, éloigner une guêpe ou une araignée, réserver un resto… Comme ça, ils se sentent utiles et virils. Protecteurs, quoi. Après, c'est comme avec les dauphins, faut pas oublier la distribution de sardines quand ils ont sauté dans le cerceau. Toujours les féliciter. »

Derrière cette tirade et son sourire, je percevais son désarroi. Depuis que Tony était parti, elle jouait la comédie de la femme forte et répétait à l'envi, le menton haut, les larmes retenues de justesse en bord de paupières : « De toute manière, les histoires d'amour c'est comme le solarium, faut jamais rester trop longtemps dans la cabine à bronzer, ne pas trop s'exposer… » Moi, je savais que sans homme dans les parages, elle se sentait démunie, incomplète. Le célibat ne lui réussissait pas. Au point de s'imaginer des choses… Chaque fois que son portable sonnait, elle clamait : « Je suis sûre que c'est encore Tony. Faut qu'il apprenne à vivre sans moi. » Parfois c'était bien lui, elle répondait en précisant : « Tu vas voir, Kali, je vais lui clouer le bec. » Mais depuis quelques semaines, ce que je voyais surtout, c'était une femme qui attrapait son téléphone dans son sac à main et se décomposait. Ce n'était plus jamais lui. Il avait dû réussir un peu trop vite à se détacher.

Le lendemain, avant mon départ au collège, Mam m'a convoquée à la cuisine. Assise sur une chaise, elle était en train de se masser maladroitement le bas du dos avec du baume du tigre. Elle s'était fait mal au travail en tentant de rattraper un patient de deux fois sa taille et son poids qui avait trébuché.

Fébrile, elle m'a avoué que la situation l'inquiétait beaucoup. Tony possédait toujours le double de nos clés. « S'il n'appelle plus, c'est donc pire, m'a-t-elle annoncé, il va revenir et tout casser ici. » Selon elle, la masculinité débordante de Tony finirait par nous faire sucrer la caution de l'appart. Mam allait jusqu'à l'imaginer cassant des murs de son seul poing, de rage de l'avoir perdue.

Daniela avait soutenu qu'elle avait commis une grave erreur en ne reprenant pas les clés. « Je ne peux pas payer un serrurier, continuait ma mère, tu dois m'aider, Kali. » Son plan tenait dans un paquet de biscottes. Comme elle commençait sa journée plus tôt que moi, j'étais chargée de glisser l'une de ces tranches de pain séchées au four sous le paillasson. À partir de maintenant, tous les matins, j'allais devoir accomplir ma mission et, après le collège, vérifier si la biscotte était intacte : cela voudrait dire que Tony n'était pas venu.

OK, je comprenais l'idée, mais si Tony venait tout casser, que la biscotte soit écrasée sous le paillasson ne nous aiderait pas vraiment.

« Je sais Kali, mais au moins, s'il projette de le faire, tu vois, s'il vient en repérage comme les braqueurs avant de faire un casse, on le saura », a-t-elle conclu.

J'ai préféré ne pas discuter. Si cela pouvait la rassurer et lui remonter le moral, j'allais la poser cette biscotte.

15

De l'autre côté du miroir

Aujourd'hui, j'ai ressenti une petite *Schadenfreude* comme disent les Allemands quand ils se réjouissent du malheur d'autrui : notre prof de français était absent pour cause de dépression. Je finissais donc ma journée deux heures plus tôt.

J'ai sorti mon petit téléphone à clapet, un portable premier prix assez préhistorique et très éloigné de l'iPhone que possédaient la plupart des élèves, histoire de prévenir Mam de ce changement d'horaire. Avec Domitille, on se réjouissait déjà d'aller au Starbucks où le beau Gaspard Tellier traînait souvent. Mais ma mère m'a prise à revers : « Tu vas venir m'aider. J'ai encore mal au dos et j'aurai bien besoin de toi pour manipuler mes patients. » J'imagine qu'elle souhaitait aussi m'offrir une sorte de visite guidée de son univers.

Depuis sa rupture, elle acceptait toutes les missions et se montrait professionnelle et sérieuse. J'étais rassurée. Deux patients l'attendaient cet après-midi. Le premier, un certain M. Mirçak, vivait dans un appartement rempli de livres et de photos passées, quasi orange. Les pièces exhalaient la poussière et un bonheur ancien, sorte de nostalgie qui ne pince pas le cœur. À quatre-vingt-douze ans, M. Mirçak, atteint de la maladie de Parkinson, n'arrivait plus à faire sa toilette ni à s'habiller seul. Mam s'en chargeait avec une générosité rare. Cela m'a bouleversée de la voir faire et de reconnaître certains gestes qu'elle avait eus avec moi, petite. Elle avait des airs de Pietà en tenant le vieillard à bout de bras dans l'eau du bain. Je l'ai aidée puis me suis mise en retrait, un peu gênée par la nudité de M. Mirçak.

Dans cette salle de bains carrelée en rose, je voyais pour la première fois Mam plus soucieuse d'autrui que de son apparence. Ses manches trempaient dans la mousse de savon, tandis qu'elle lavait le vieil homme.

Une fois tout propre, nous l'avons aidé à sortir de la baignoire et à se sécher avec la serviette. Sans jeter le moindre regard au miroir rétro un peu piqué qui trônait au-dessus du lavabo, ma mère s'est aussi essuyé de la main le front où perlait la sueur. Pourtant elle disait toujours qu'il ne fallait jamais rater un miroir, jamais manquer une occasion de se corriger physiquement.

Elle a emmené M. Mirçak dans la chambre et ouvert la penderie. L'homme tenait à son élégance. Cet ancien tailleur demandait qu'on lui enfile ses chemises les plus précieuses, même les jours où il ne voyait personne.

« On n'est jamais à l'abri d'un petit FaceTime », a-t-il dit en riant.

Le plus jeune de ses quatre fils l'avait initié aux smartphones. Il aimait soigner sa mise et son cadre pour d'éventuels rendez-vous en visio. Le foulard dans la poche de veste s'avérait un incontournable.

Avec une gourmandise et une fierté d'initiés, ils se sont mis à parler de grands couturiers – apparemment une habitude –, et des derniers défilés. Je ne soupçonnais pas ces connaissances de la haute couture chez Mam, je pensais que ses lectures se limitaient aux ragots sur les people.

La séance d'habillage terminée, elle a regardé sa montre et s'est excusée auprès de M. Mirçak. Elle devait déjà partir, un autre patient l'attendait. Gentiment, elle m'a prise par l'épaule et on a quitté les lieux.

Elle avait trouvé une place de parking juste en bas de l'immeuble. On est montées dans la Clio pour se rendre dans un quartier plus chic, le 16e, où une certaine Mme Ginestron-Belfay habitait. La pauvre vieille ne quittait plus la chambre avec rotonde de son deux cent cinquante mètres carrés, vue sur la Seine. Du gâchis. Elle était comme crucifiée sur son lit. Jambes paralysées, il ne lui restait que les bras et la bouche mobiles pour presser et houspiller ceux qui tentaient de l'aider. Mam m'avait expliqué tout cela pendant le trajet.

Dans le couloir qui menait à Mme Ginestron-Belfay, on a croisé la femme de ménage tête baissée, soupirant comme un taureau catalan. Un peu partout étaient accrochées, dans des cadres argentés, de grandes photos de beaux mariages avec chapeaux et nunucheries. « Ici, les enfants, on ne les voit que sur les murs, a soufflé Mam. Ils ont déserté, jeté l'éponge et ne viennent plus lui rendre visite depuis longtemps. »

À nouveau, je me suis mise en retrait pour observer Mam au travail. Elle déployait toute sa gentillesse, des mètres de rubans de douceur et de tendresse. Mais rien. Pas le moindre sourire. Mme Ginestron-Belfay s'agaçait et tournait en boucle. « Non, pas comme ça ! J'ai dit pas comme ça, il faut vous le dire comment ? »

Les gestes de ma mère étaient pourtant très pros – elle appliquait délicatement de la crème contre les escarres sur la peau chiffonnée de la vieille femme et la massait. À chaque vocifération, elle s'arrêtait puis reprenait avec des mouvements de souris.

Dans la Clio, Mam m'avait aussi parlé de la vie d'Évelyne Ginestron, qui avait épousé un riche importateur d'électroménager, surtout de réfrigérateurs. Une manne financière dont elle n'avait jamais assumé la source, la trouvant grotesque. Elle s'était donc évertuée à mener une vie mondaine, en s'inventant un passé d'héritière pour dissimuler cette honteuse poule aux œufs d'or.

Sur sa table de chevet, un exemplaire du *Figaro* affichait Emmanuel Macron en une. Une légende disait que le président « assumait » sa hausse des taxes sur le diesel – Mam n'allait pas aimer, notre Clio roulait au gazole.

Alors qu'on n'entendait plus Évelyne depuis quelques minutes et que ma mère reprenait confiance en ses gestes, les mots ont dévalé de la commissure des lèvres de notre patiente exigeante : « Mais enfin, vous venez d'avoir votre diplôme ou quoi ? » Je commençais à souffrir pour ma mère et le sourire qu'elle continuait d'afficher m'épatait.

Mam m'a fait signe d'approcher du lit.

— Au fait, madame Ginestron, je vous présente ma fille, Kalindra, brillante élève au collège Montesquieu.

— Ah, elle fera peut-être mieux que sa mère alors ! a lancé la vieille dame d'une voix rêche.

La flèche empoisonnée a atteint sa cible. *Les mots de ceux qui souffrent sont toujours les plus blessants,* me suis-je dit. Cette femme qui dépendait des autres et des soins de ma mère avait réussi à humilier son auxiliaire, à la remettre sur son petit barreau d'échelle sociale.

La visite terminée, Mam m'a serré la main sans dire un mot dans l'ascenseur. Et cette fois, elle s'est regardée dans le miroir.

16

P.K.

LA QUÊTE DE MES ORIGINES CONTINUAIT de me travailler, ma paillette, mon père. Je ne savais même pas si j'avais le droit de prononcer ce terme. Il y a des phrases définitives dans la vie, des mots qui sèment en vous quelque chose d'éternel. Pour Mam, c'était certainement ceux que sa mère Renée avait soufflés à ses oreilles de petite fille : « Tu es laide, on ne fera rien de toi. » Le verdict avait déterminé des besoins et développé en elle une rage perpétuelle du démenti. Ce genre d'assertion, on se construit avec ou contre, comme une ligne de programme informatique qui entraîne une commande ou un bug.

Je me disais que la phrase qui allait perturber mon amie toute sa vie, c'était aussi celle balancée par sa mère : « Domitille, tu ne seras jamais à la hauteur de ta particule. » Quant à moi, la sentence terrible annonçant que je n'avais tout simplement pas de père risquait de me poursuivre, si je n'avançais pas dans mes recherches.

Ma détermination était à son niveau maximal quand, pour la énième fois, j'ai soulevé le paillasson de l'entrée et ramassé la biscotte intacte. Domitille se tenait derrière moi, c'était le jour de notre goûter hebdomadaire. Elle s'est marrée : « T'as pas peur qu'elle moisisse, ta biscotte ? » J'ai posé celle-ci sur la console de l'entrée avant de ranger mon cartable sous le portemanteau et filer direct dans ma chambre. Je suis revenue avec un cahier neuf pris dans ma petite réserve à fournitures.

Assise à la table du salon, Domitille fronçait les sourcils.

— Tu te lances déjà dans les devoirs alors qu'on n'a même pas goûté ?

— C'est un autre type de devoir : trouver mon géniteur. Je vais noter les indices dont je dispose.

— Excellent ! Et après on accroche des photos de suspects sur un tableau en liège ?

— J'adorerais ! Alors, comme indice, j'ai : père inconnu, paillette de sperme achetée au Portugal, date de l'insémination présumée…

— C'est déjà pas mal tout ça…

— Et surtout, j'ai un cybercafé où mener tranquillement mes investigations. Viens avec moi.

— Où ?

— Tu promets que tu ne diras rien à personne ?

— Promis, parole du petit Jésus !

J'ai pas trop compris ce qu'elle voulait dire par là mais le mot Jésus sonnait comme une solide garantie. On est allées chez Amédée qui, de jour en jour, paraissait toujours plus ravi de me voir à sa porte, alors que je lui prédisais des périls informatiques à foison.

— Nous pouvons entrer ? ai-je demandé.

— Bien sûr. Heureusement que tu es là pour me sauver des cyberattaques.

Assez vite et comme Domitille multipliait les « oui, monsieur », « bien sûr, monsieur », « merci, monsieur », Amédée s'est pris d'affection pour ma copine. Moi, j'avoue que je zappais souvent ces options avancées de la politesse.

Une fois toutes deux installées devant l'ordinateur de M. Durondelle, j'ai pianoté « PMA au Portugal » dans le module de recherche. Nous sommes tombées sur des photos d'enseignes, des blouses blanches, des bébés rigolards, mais par sur des catalogues de donneurs en ligne.

Domitille montrait du doigt les tout-petits sur l'écran : « Quand tu les vois comme ça, ils sont chou mais c'est un boulot de dingue, ils devraient l'écrire sur le site. Mettre un bandeau d'avertissement. »

Je me regardais dans le reflet de l'écran en me demandant d'où me venait ce nez quasi grec. L'idée d'avoir des gènes du Sud me plaisait, déjà les Latins sont plus créatifs que les descendants des Vikings. Et les Portugais sont des explorateurs hors pair.

— Hé, Sherlock, m'a interrompu Domitille, le plus simple, c'est que tu interroges ta mère. Tu lui sers un verre de vin et tu la cuisines un peu.

— Je sais pas si j'oserais. Elle est fermée sur cette question, tu sais.

— Peut-être, mais sur Internet on ne trouvera pas. Allez, éteins le Dell, je vais t'aider à préparer une liste de questions à lui poser tout l'heure, comme ça, avant, tu t'entraînes sur moi.

— OK, super.

On a bu un chocolat chaud avec Amédée, puis mon amie et moi, on est remontées chez moi et on a joué à devenir Élise Lucet dans *Cash Investigation.*

C'était drôle mais ça n'a rien donné.

Mam est rentrée, échevelée, l'air hyper pressée. Elle a balancé son sac de travail dans le salon et m'a annoncé qu'on était à la bourre.

— Pour quoi faire ? J'ai des choses à te demander, c'est super import...

— Pas maintenant, Kali, j'ai rendez-vous et j'ai besoin de toi.

— Où ça ? Avec qui ?

— Chez le médecin, dans dix minutes.

— Tu es malade, c'est grave ?

— Rendez-vous avec le médecin de chirurgie esthétique, mets ta veste, on y va.

— Pfff, j'y crois pas. J'ai des soucis. Des vrais, plus graves que des rides, Mam.

— Oui, on en parlera après. Dépêche-toi.

— Pourquoi je dois venir ?

— Dépêche-toi, je te dis.

Je ne comprenais pas son besoin de m'impliquer dans son projet, mais on a pris la Clio en direction d'une clinique esthétique du 8e.

Arrêtée au feu rouge, elle a saisi le petit sourire agacé que je lui lançais en entrouvrant un peu trop la bouche, car elle s'est exclamée :

— Merde !

— Qu'est-ce qu'il y a ?

— T'as besoin d'orthodontie, tu as les dents de devant qui se disputent de plus en plus, mais on n'a clairement pas les moyens... ça me désole.

Elle a redémarré, nous laissant en plein paradoxe. J'ai baissé le pare-soleil pour vérifier dans le petit miroir mes incisives qui se chevauchaient. J'espérais qu'en contactant l'Assurance maladie, je pourrais trouver un peu d'aide.

À l'accueil du cabinet, des femmes jeunes et minces en blouse impeccable avec prénom brodé dessus – le genre qui vous fait vous sentir débraillée et mal coiffée – nous ont orientées vers la salle d'attente.

Au mur, des photos intimidantes de mannequins. Des anorexiques déambulant en robes de soirée, place de la Concorde. Mam les regardait avec avidité, confirmant l'efficacité de la décoration.

Sur des étagères, beaucoup d'objets aux initiales du médecin : une borne pour recharger les portables ornée de son logo, un P et un K enlacés avec des arabesques. Un tableau où les deux lettres s'imposaient parmi des gratte-ciel. Un vase, toujours marqué P.K. De la mégalomanie puissance mille…

Dans la cour, des artisans faisaient des heures supplémentaires ; ça forait, sciait, tapait tant et plus. Je me disais que ces bruits auraient pu provenir de la salle de consultation et de ce docteur qui rafistolait les femmes. J'avais envie de décourager Mam. Les tarifs affichés à l'accueil – 450 euros l'injection contre les rides du lion, 800 si l'on désirait traiter les paupières inférieures et les plis d'amertume, etc. – me semblaient exorbitants. Je savais qu'on avait du retard sur le loyer, la lettre de rappel était arrivée hier. J'ai pressé la main de Mam. « Allez, on rentre », ai-je murmuré, mais elle ne m'écoutait pas et fixait la porte du praticien.

« Madame Ferrini, c'est à vous ! »

Une voix sévère a retenti, on aurait dit que ma mère était appelée au parloir. Pour la protéger, j'ai décidé de l'accompagner.

Le chirurgien plasticien s'avérait plutôt délabré physiquement, genre cordonnier mal chaussé. Il a pris ma mère en photo, de face, de trois quarts et de profil. Ambiance film policier américain, manquait plus que la pancarte avec son matricule. Puis, à coups de crayon noir, il a tracé de grandes lignes directement sur le menton, les joues, le front de sa patiente, et dit :

« Vous voyez, Corinne, tous vos tissus sont affaissés. Il faut agir. »

Il lui parlait comme à une enfant.

— Ça va faire mal ? a demandé ma mère, tout de même inquiète du verdict.

— Ça dépend, personne ne cicatrise pareil. Je ne peux pas vous affirmer que vous ne sentirez rien, mais le résultat en vaut la peine.

Les chirurgiens esthétiques avaient sûrement tous envie d'embellir des visages et des corps, mais ils n'étaient pas psychologues et n'avaient pas forcément le don de réconforter leurs clients. Un peu de chaleur humaine, au vu du prix des interventions, n'aurait pas été superflue, je trouvais. Ma mère ne disait rien. Le médecin s'impatientait : « Alors, qu'est-ce qu'on fait ? J'ai des patientes qui attendent. Je vous injecte du Botox ? Je vous dresse un devis ? »

Mam qui avait travaillé un temps à l'hôpital, m'avait dit un jour que les anesthésistes étaient souvent arrogants, qu'avec ce pouvoir d'endormir et de réveiller les gens, ils affichaient des airs supérieurs. Dans ce cas, je me disais que le chirurgien esthétique se prenait au minimum pour Dieu.

Elle a rompu le silence pour accepter les injections que cet homme désagréable recommandait. Devant ma grimace, elle m'a dit de retourner dans la salle d'attente où j'ai dû patienter des plombes, en essayant de ne pas chercher à deviner pourquoi telle femme ou telle autre avait pris rendez-vous. Bec de canard ? Sourcils en chapeau chinois ? Pattes d'oie ? Quant à l'ado dans le fond de la salle, il présentait un nez de fourmilier. J'avais honte de le remarquer.

Quatre seringues de Botox et trois d'acide hyaluronique plus tard, Mam est ressortie avec une tête de femme battue, des bleus et des rougeurs apparaissant déjà un peu partout sur son visage.

— Passe devant, cache-moi, a-t-elle dit. On rentre direct à la maison. Je ne veux pas qu'on me voie ainsi. Éviction sociale pendant deux jours. Tu pourras faire les courses ?

— Ce n'est pas la question, Mam ! ai-je crié, à peine sortie du cabinet.

Mes hormones d'ado libéraient la révolte qui couvait en moi.

— On ne vit pas dans une télé-réalité ! T'as déjà été soumise à Tony et maintenant tu te tortures pour séduire je sais pas quel mec débile.

— Tu comprendras quand tu seras plus grande.

— Je suis grande ! Je suis déjà la plus mature de nous deux. En plus, tu me fous la honte avec tes...

— Arrête, Kali, tu deviens blessante et tu me rappelles ma mère. Ne t'avance pas trop sur ce terrain, OK ?

Je ne suis plus arrivée à parler de toute la soirée.

Mam est restée terrée à la maison quarante-huit heures, puis elle a disparu.

Ça n'était jamais arrivé avant.

17

Zéro pointé

Je rentrais du collège plutôt fière de moi, avec un 16/20 en français et un 18 en histoire-géo. J'avais envie de partager ma petite joie scolaire et pensais que ces notes joueraient en ma faveur pour obtenir des réponses de Mam. Elle n'avait a priori pas de patient le mercredi après-midi.

À l'appartement, je n'ai trouvé personne. J'ai essayé de l'appeler et suis tombée directement sur sa messagerie. En fin de journée, elle n'était toujours pas rentrée et son portable semblait éteint. Je ne savais absolument pas quoi faire. Elle m'avait habituée aux absences, aux sorties le soir, mais de là à disparaître sans prévenir… J'avais comme un goût de métal dans la bouche.

Je ne voulais pas inquiéter mes grands-parents et n'avais aucune idée de qui fréquentait ma mère en ce moment. Je ne connaissais de toute manière jamais les numéros de ses amants, et même pas celui de Daniela. Si j'appelais la police, je risquais de me retrouver en foyer. J'avais vu un reportage sur le sujet et les dangers auxquels étaient exposés les enfants pourtant pris en charge par l'Aide sociale à l'enfance. Fugue, drogue, prostitution… J'espérais ne pas devenir orpheline et j'ai vérifié sur le site du *Parisien* qu'aucun meurtre de quinquagénaire ne s'était produit.

La nuit enflait. Je ne comptais pas me coucher, encore moins dormir. Je ne m'étais jamais rendu compte à quel point l'obscurité dehors pouvait sembler longue. Dedans, tout devenait petit à petit différent. Les effluves chimiques des produits de beauté avaient disparu. Une odeur étrange et neutre les remplaçait.

Dans la salle de bains, j'ai attrapé la bouteille de laque dorée et de l'index, pressé légèrement sur le spray. Cela ne m'a pas apaisée. La nuit se refermait sur moi, elle m'oppressait.

À minuit, j'ai craqué et suis allée sonner chez Amédée. Au quatrième coup de sonnette, il a ouvert avec prudence. Il portait le pyjama typique des vieux dans les films : une chemise et un pantalon assortis en coton bleu à rayures blanches. Cette vision m'a rassurée.

— Qu'est-ce qu'il se passe, Kali ?

— Maman a disparu.

— Elle est peut-être chez… enfin, chez un ami. Tu veux rester ici à l'attendre ?

— Oui, je veux bien, je ne retourne pas à l'appart, j'ai trop peur. S'il vous plaît, Amédée, je peux dormir chez vous ?

— Oui, bien sûr, je vais préparer le canapé et tu vas envoyer un message à ta mère pour lui dire que tu es avec moi.

Avant de se recoucher, Amédée m'a permis de regarder la télévision et même indiqué les chaînes où je pouvais trouver des documentaires animaliers pour me distraire. Mais j'ai mis BFM et scruté leurs bandeaux d'actualités, toujours à vérifier les crimes et féminicides. Je n'arrivais vraiment pas à m'endormir. Finalement, mon lit me manquait, alors vers 4 heures du matin, sans bruit, je suis remontée à la maison, où j'ai fini par m'écrouler tout habillée sur le canapé.

« Me dis pas que tu m'as attendue ici toute la nuit ! »

J'ai ouvert les yeux en sursaut. Décoiffée, Mam était penchée au-dessus de moi, un sourire gêné sur les lèvres.

— Je suis désolée, mon chou, j'avais plus de batterie et c'est le problème avec ces répertoires téléphoniques, je me souviens jamais des numéros, même du tien. J'ai pris des chouquettes à la boulangerie. Lève-toi.

— Je m'en fous de tes chouquettes, je pensais que t'étais morte. J'ai même vérifié les meurtres sur BFM !

— Oh, bichette… J'étais chez un monsieur très bien. Un vrai prince. Et sur BFM, tu crois qu'ils auraient parlé de mon assassinat ?

— Ben oui, si c'était un crime horrible, bien glauque.

— Ah, ils auraient dit quoi ? "Le corps d'une jeune femme a été retrouvé…"

— Non, l'ai-je interrompue, ils auraient dit : "La dépouille d'une pauvre vieille qui se fichait pas mal de sa fille a été transpercée de quarante coups de couteau."

— Méchante ! File t'habiller.

Avant de partir, je lui ai rappelé la réunion parents-profs à 17 heures, en bonne mère de ma mère que j'étais. Et sur le chemin du collège, j'avais l'impression de pouvoir remplacer les adultes, les enseignants, voire diriger l'établissement Montesquieu, tellement j'endossais un surplus de maturité.

La journée s'annonçait sombre. J'avais bien été obligée d'informer Mam de cette réunion, depuis que le directeur m'avait fait venir dans son bureau pour me questionner sur ses absences aux précédentes. J'avais promis qu'elle serait là cette fois-ci, alors que je redoutais ce genre de rencontre. Comment serait-elle vêtue ce soir ? Allait-elle venir ou zapper ? Se faire remarquer ?

En fait, elle est arrivée à l'heure dans un col roulé gris et une jupe crayon élégante.

Dans le hall, Domitille donnait la main à ses deux parents, les entraînant gaiement vers une salle de classe. De toute façon, elle décrochait les meilleures notes et n'avait rien à redouter.

Mam s'avérait quand même très maquillée. Sa large bouche rouge me mettait mal à l'aise. Elle m'a pris le bras et a lâché :

— Bon, qu'est-ce que je fais là ? T'as de super notes, il n'y a rien à signaler.

— Mes professeurs aimeraient te connaître.

— Ah… c'est donc ça. Un prof en particulier m'a repérée ?

— Arrête, c'est sérieux ! Je te l'ai déjà dit, ici les adultes considèrent que c'est une *no-go zone* de la drague. S'il te plaît, sois discrète.

Je l'ai menée à la salle 402 où la prof de géographie, qui avait le bon goût de me mettre régulièrement des 18/20, piquait du nez sur son bureau. Mam lui a tendu sa main droite manucurée.

— Enchantée, je suis Coco, la mère de Kali.

— Bonjour madame, oui, la maman de Kalindra. Vous pouvez être fière de votre fille, elle est brillante.

— Et autonome. Elle fait ses devoirs toute seule, je serais pas d'une grande aide de toute manière, j'ai tout oublié.

Mam a sorti un éclat de rire un peu mal dosé. La prof a pris une drôle d'inspiration avant de poursuivre : « J'y pense, pendant le dernier contrôle de géo, Kalindra m'a paru très perturbée. Elle était au bord des larmes. Y a-t-il des soucis dont vous voudriez me parler, madame ? »

J'ai immédiatement saisi la date de l'événement évoqué. C'était le jour où Mam s'était pointée à l'école pour me proposer un tour en Ferrari.

— Euh, non, a répondu ma mère.

— Kalindra ? Tu veux nous dire quelque chose ? J'ai remarqué aussi que tu avais une petite mine ce matin.

— Je n'ai pas beaucoup dormi.

— Oh, l'adolescence, est vite intervenue Mam, vous savez ce que c'est, les hormones…

Alors ça, c'était le pompon, comme dirait ma grand-mère, je n'en revenais pas d'avoir encore à porter la faute, jusque dans mon fonctionnement physiologique. Agacée, j'ai lâché :

— Oui, enfin, si tu ne disparaissais pas toute la nuit, je pourrais peut-être dormir.

— Que veux-tu dire par là, Kalindra ? a demandé la prof déjà à deux doigts d'appeler l'ASE.

— Oh, une broutille, a osé ma mère, Kali n'a pas trop aimé le fait que mon portable soit HS. J'avais oublié de la prévenir que je ne rentrais pas. Ce sont des choses qui arrivent.

Visiblement interloquée par le toupet maternel, l'enseignante a froncé les sourcils et repris une nouvelle inspiration.

— Mais madame, vous ne vous rendez pas compte. La laisser comme ça la nuit, toute seule. Elle a à peine treize ans ! S'il arrivait quoi que ce soit…

— Je lui ai appris à se débrouiller. Vous savez, parfois j'ai l'impression qu'elle est plus sérieuse que moi ! a expliqué ma mère en affichant son plus beau sourire.

— Des adolescentes délaissées ont ce genre de comportement faussement mature, a rétorqué la prof qui restait de marbre.

— Peut-être, mais Kali va bien, et elle est bonne élève, vous le dites vous-même... Donc, nous n'avons aucun souci, je vous remercie.

Mam voulait en finir, ça se sentait, alors que ma nouvelle protectrice souhaitait au contraire prolonger la conversation. Je voyais à ses mains qui tapotaient nerveusement la table que la situation avait piqué sa curiosité. Elle n'allait pas lâcher le morceau, je me disais.

— Madame, a-t-elle repris avec emphase, ce n'est pas parce qu'on est dans les beaux quartiers qu'on ne fait aucun signalement. Quand il y a un danger, c'est mon devoir d'intervenir.

— Oh là là, vous exagérez, ce n'était jamais arrivé, faut pas crier au loup comme ça. *La crainte du danger est mille fois plus terrifiante que le danger réel,* comme l'a écrit je ne sais plus qui.

J'ai eu envie d'éclater de rire mais me suis retenue. J'avais déjà surpris Mam faire sa maligne via les citations qu'elle pêchait sur Internet, seulement je ne m'y attendais pas dans ce contexte.

— Daniel Defoe, a poursuivi ma protectrice, apparemment peu impressionnée.

— Ben, vous voyez, si ce Daniel l'a dit, c'est que c'est vrai. Nous devons partir maintenant, hein, ma chérie, a dit Mam en me jetant un regard complice.

— Euh, on a le temps, ai-je répondu.

— L'heure tourne, jeune fille, ton cousin suisse va nous attendre, a-t-elle insisté d'une voix faussement légère.

— Non, tu te trompes, Maman, mon cousin suisse est resté en Suisse.

J'étais en train de savourer ce petit moment qui me vengeait de sa disparition de la veille. Et comme je n'avais aucun cousin de Switzerland, *twelve points* pour moi.

— Je vous remercie pour vos conseils, a poursuivi Mam, mais nous sommes attendues.

— Je vois, a dit la prof.

Un silence gêné s'est installé.

Ma mère s'est levée et m'a regardée avec de grands yeux douloureux. Cela me plaisait ce petit pouvoir que je ressentais tout à coup. J'ai remercié ma protectrice et j'ai suivi Coco.

Dans le couloir, elle a soufflé :

— C'est toujours comme ça les réunions parents-profs ? Ils vont tous me faire la morale ?

— On peut partir à Genève si tu veux, ai-je proposé.

— Oui, bon, ça va. N'en rajoute pas, Kali.

— Ben, tu mens à mes profs, c'est pas top.

— Je vais me rattraper, tu vas voir.

Et c'est vrai qu'avec les autres professeurs, elle a nettement mieux joué sa partition de mère impliquée, jusqu'à réussir à leur poser des questions pertinentes. J'en étais presque émue.

En sortant du collège, elle m'a entraînée dans la boulangerie d'en face, ma préférée, pour m'offrir un éclair au chocolat.

« Pour ma championne ! a-t-elle lancé. Je suis fière de toi, ma puce, et je vais essayer de mériter des bonnes notes moi aussi, en tant que maman. »

18

Bébé truqué

C'ÉTAIT LA GALÈRE. La Clio était salement tombée en panne et Mam, qui avait accumulé les découverts, ne pouvait pas la faire réparer. Elle a dû se résoudre à demander un coup de pouce à mon grand-père. Nous avons donc pris le train jusqu'à la gare de Vendôme, où Giovanni est venu nous chercher.

Le soir, l'ambiance s'est rapidement dégradée. J'avais fini ma part de tarte aux pommes et j'étais avachie devant la télé, lorsqu'une dispute a éclaté dans la salle à manger.

— C'est à ça que ça sert, un mari, à partager les dettes. Tu veux mener ta barque seule et regarde où ça te conduit, vociférait ma grand-mère.

— Quatre mille euros, tu ne te rends pas compte, c'est énorme ! Encore tes rafistolages esthétiques de poupée Barbie ? grondait Giovanni.

— Tu nous fais honte. Déjà tu n'es pas capable de garder un homme, tu refuses de prendre la relève à la ferme et maintenant tu t'en prends à nos sous ! a continué Renée.

Surprendre un conflit où Mam était encore une fois rabaissée par ses parents suscitait en moi un sentiment étrange. Entre empathie et colère noire. J'avais envie de foncer sur Renée et de la secouer comme le prunier dans la cour par grand vent, tellement je la trouvais dure.

Finalement, ils se sont calmés autour de la table et j'ai endormi ma colère en regardant un vieux Columbo.

Le lendemain matin, pendant que ma grand-mère était au marché, mon grand-père au pré, ma mère au lit, je m'ennuyais gentiment dans le salon. Alors j'ai fouillé le buffet lourdingue qui s'étalait sur un mur entier de la pièce.

Dans une boîte à chaussures, j'ai déniché quelques photos prises dans des foires agricoles sur lesquelles ne figurait pas ma mère, et au fond d'une étagère, une pile de faire-part annonçant « Corinne, née le 14 mai 1964, fait le bonheur de sa famille. » *Enfin un peu d'amour*, me suis-je dit.

En noir et blanc, une photo médaillon montrait un bébé un peu flou mais qui paraissait heureux d'être là. J'ai saisi l'un de ces faire-part et remarqué un truc bizarre. Le nom et la date de naissance de Mam étaient inscrits sur une étiquette, dont un coin se décollait. J'ai tiré dessus et découvert un autre texte : « Thierry, né le 17 mars 1962, fait le bonheur de sa famille. »

Thierry, c'était le cousin de ma mère. Je suis restée sidérée, le faire-part à la main, et n'ai pas entendu ma grand-mère entrer dans le salon.

— Alors, on fouille ?

— C'est quoi ça, Mamie ?

— Ah ça... Oui, ma sœur était si fière d'avoir un fils qu'elle a trop fait tourner l'imprimerie. Du coup, deux ans plus tard, elle m'a donné les faire-part qui lui restaient et zou, ça nous a servi pour Corinne.

— Ouais, zou, juste une étiquette, ai-je lancé, ironique. Donc le bébé là, c'est Thierry.

— Évidemment, mais ça ne faisait rien, les bébés se ressemblent tous. Cela dit, va pas montrer ça à ta mère, elle ferait encore une scène.

Renée est repartie vers la cuisine et moi, j'ai tout remis au fond du buffet. En fait, j'avais plutôt envie de jeter les preuves du crime aux ordures. Si tu pars dans la vie avec un faire-part truqué, après faut pas s'étonner que tu te trafiques toi-même. Que tu triches avec ton physique. Tout est parti de là, j'ai pensé. Et j'ai ressenti la même tristesse mêlée de colère que la veille.

19

Des orties et du lait

De retour dans la capitale, Mam était sous la douche quand la mélodie de *Pour que tu m'aimes encore*, bien connue des fans de Céline Dion et choix discret de ma mère pour sa sonnerie de téléphone, a résonné sur la table basse du salon. Quand je surprenais un appel, je préférais toujours vérifier qui cherchait à la joindre. Je ne voulais surtout pas qu'elle rate une opportunité professionnelle, son compte bancaire était encore à marée très basse. Je le savais car j'avais ses identifiants.

Là s'affichait un numéro que je ne connaissais pas. Dans mon pyjama à motifs de cygne, j'ai décroché.

« Bonjour, c'est Mélanie de Rev Prod. Je voulais vous dire : bravo Coco, grâce à votre vidéo, vous avez été retenue au casting des Anges de l'amour… »

J'ai raccroché immédiatement, puis envoyé un texto :

Désolée, je ne pouvais pas parler, j'ai un nouveau travail et ne pourrai donc pas participer au jeu. Encore merci. Coco.

J'ai effacé le message et la trace de l'appel. C'était déjà la deuxième fois que j'interceptais un coup de fil de casteur et évitais ainsi que la honte nous ruisselle dessus. Quasi pas de famille, mais un soupçon de sens de l'honneur.

C'était donc ça, la vidéo ! Je comprenais que les producteurs la retiennent : Mam représentait l'outsideuse rêvée pour une bonne télé-réalité racoleuse. Quinqua exubérante, affamée d'amour et prête à endosser le rôle standardisé de la cougar. Imaginer ce genre de séquence – ma mère, seins sous le menton, dans une robe de débutante américaine, recevant une rose d'un agent immobilier de vingt-huit ans – me collait un début de psoriasis.

« Kali viens, viens s'il te plaît », a dit Mam depuis la chambre, où elle était sans doute en train de s'habiller.

Un peu inquiète (j'avais peur qu'elle ait entendu l'appel), je me suis précipitée. Elle était allongée sur mon lit, les yeux fermés.

— Mam, ça va ?

— Dis-moi de quoi j'ai l'air ?

— Je sais pas, d'une femme qui dort ?

— Non, je veux dire sous cet angle. Plutôt Belle au bois dormant, ou Blanche-Neige après la pomme ?

— Ben… je sèche.

— Prends-moi en photo. C'est important de pouvoir émouvoir un homme quand on dort. Je veux voir si cette position me va bien. J'espère que j'ai pas trop la gueule qui se casse la gueule et que mes injections seront vite rentabilisées.

Dubitative, j'ai obtempéré. J'allais mettre un filtre, histoire d'alléger le constat. Mais les yeux fermés, elle a deviné : « Pas de filtre, hein ! La vérité nue et crue. » Elle a regardé et s'est précipitée dans la salle de bains en maugréant : « OK, ben faudra que je dorme maquillée comme dans les films américains. » Je me sentais un peu désolée pour elle et son obstination à ramer à contre-courant, alors qu'il était trop tard, que la jeunesse s'était barrée pour de bon.

Je me suis habillée après avoir masqué mon acné avec un peu d'anticernes, le seul trucage que je m'autorisais. Et en route pour le royaume de l'excès de sébum... J'ai embrassé Mam avec trop d'affection – elle n'aimait pas, ça abîmait son make-up et la faisait se sentir vieillissante – et claqué la porte. Ce ne serait pas moi, aujourd'hui, qui placerais la biscotte sous le paillasson. De toute façon, on allait arrêter de gâcher de la nourriture pour rien. Tony ne s'était jamais repointé.

Sur le chemin, je me demandais pourquoi ma mère cherchait un homme à tout prix, jusqu'à vouloir afficher son manque sur le petit écran. Au-delà d'une éphémère célébrité qui l'aurait vengée de Renée, je ne comprenais pas sa motivation.

Quand j'avais huit ans, nous jouions souvent au Mistigri, ce jeu de cartes où il faut former des paires et ne surtout pas tomber sur le chat qui, lui, était sans partenaire. À chaque fin de partie, Maman lâchait tristement : « Tu vois, c'est pareil dans la vie. Si tu ne fais pas partie d'une paire, t'es le Mistigri. Le perdant. Même sur l'arche de Noé, il fallait être en couple. J'aurais pas pu monter à bord. » Ce jeu lui fichait le bourdon. Moi, c'était celui des sept familles, auquel veulent toujours jouer les petits frères de Domitille, qui me collait le cafard. Le grand-père paternel, la grand-mère paternelle, le père… il me manquait pas mal de cartes. J'espérais piocher bientôt celle que je convoitais le plus. D'ailleurs, Domitille avait dit qu'on allait faire le point sur mon enquête cet après-midi. Et l'autre jour dans la cour de récré, elle m'avait même conseillé de rechercher le gynécologue qui s'était occupé de l'accouchement de ma mère.

— Beurk… Ça me gêne, avais-je avoué.

— Tu veux le connaître ou pas ? Fais pas ta chochotte. C'est important quand même d'avoir un père !

— Oui, enfin, je cherche pas un papa à tout prix. Y a des pères tellement nuls qu'ils s'écrasent devant leur épouse à particule.

J'avais jamais osé lui raconter que le jour où j'étais allée acheter le cadre pour la photo de classe chez Leroy Merlin, j'avais aperçu son père complètement éperdu, fasciné par les lunettes de toilette à imprimés cœurs et chatons, en mode syndrome de Stendhal. Je l'avais vu appeler Quitterie comme un petit toutou lui annonçant avec fierté une prise d'initiative côté décoration. Avant de saisir la lunette chatons, de loin la pire. Que je n'avais ensuite jamais vue chez eux. Il avait dû bien se faire rabrouer par Quitterie, obligé d'aller piteusement rapporter l'objet chez Leroy.

Mais quand même je n'aurais pas dû lâcher cette vacherie sur les pères qui s'écrasent devant les particules ; en plus, je soupçonnais que c'était de la jalousie de ma part. Après tout, vaut mieux un père imparfait que des cartes postales aussi truquées qu'un faire-part.

Donc, oui, Domitille avait raison, je devais trouver les réponses à mes questions. Mettre un nom, un visage sur le manque originel.

Le soir après le dîner, je suis descendue chez Amédée qui, pour changer, m'a proposé un lait chaud à la cannelle. Il paraît que ça favorise l'endormissement.

— Un remède de mon père, a-t-il ajouté. Pour adoucir la nuit. C'est bien la seule douceur qu'il m'aura accordée. Mais pardon, je devrais pas parler de ça...

— Euh, non pourquoi ? Il était comment votre papa ?

— J'étais un gosse très maladroit, ça rendait mon père furieux. Pour les grosses bêtises, il prenait des branches d'orties, me mettait nu dans le jardin et me fouettait avec. Il disait que ça me remettrait les idées en place.

— C'est horrible.

— Il pensait bien faire et reproduisait ce qu'il avait connu. Avec Christelle, ma fille unique, j'ai fait tout l'inverse. Un vrai papa gâteau. J'étais professeur et chercheur en anthropologie, je travaillais beaucoup à la maison. C'est ma femme qui s'occupait de l'autorité quand elle rentrait du bureau.

— Christelle... c'est la fille en photo partout ici ?

— Euh... oui, voilà.

— Elle s'aime bien votre fille, non ?

— Je sais pas, mais c'est sa manière de s'assurer de mon amour. Elle m'apporte ces photos encadrées et si je ne les accroche pas, elle se fâche très fort. Et si je ne fais pas les poussières sur les cadres, ça barde. Elle fait pareil avec sa mère depuis qu'on est séparés. On a attendu qu'elle soit majeure pour divorcer, j'ai trouvé ça bien mais trente ans plus tard, elle dit qu'elle ne le digère toujours pas.

— Et vous n'arrivez pas à lui dire que c'est pas comme ça qu'on aime ? Et chez elle, elle a des photos de vous ?

— Bonne question ! Je ne crois pas en avoir vu. À part peut-être une où elle est bébé et je la tiens dans mes bras. J'ai dû louper un truc dans l'éducation. Pfff, c'est tellement dur de savoir comment bien faire.

— Au moins, vous, vous vous posez la question. Je crois que ma mère, elle se demande absolument pas si elle fait bien ou pas…

20

Cycle court

CET APRÈS-MIDI-LÀ, en entrant dans l'appartement, j'ai eu méga peur : dans notre cuisine, un homme était accroupi devant le lave-linge. Aussi surpris que moi, il s'est retourné : c'était Tony ! J'aurais dû remettre la biscotte.

Peut-être avait-il démasqué mon stratagème sophistiqué « Lola » et découvert mes mensonges sur le site de rencontres ? Il était ici pour assouvir sa soif de vengeance et je risquais de finir mes jours dans le tambour de la machine, programme linge très sale… 90 degrés.

Prestement, il s'est relevé et sa tête a cogné contre l'angle d'un placard. Un coup de pouce du destin pour que je lui échappe en courant style Usain Bolt ?

« Yo, *sorry*, a-t-il lâché en se frottant le crâne. Ma nouvelle copine a un problème avec sa machine. Une merde chinoise achetée en quatre fois sans frais. Tu sais ce que c'est. J'ai dit que j'allais à la laverie, mais c'était la honte d'attendre le linge avec les étudiants, alors je suis venu ici. »

Je restais muette face au tambour où tournaient des vêtements couleur fuchsia.

« Je me suis dit : ça va si je viens le mardi, a continué Tony. En général ta mère a pas mal de patients ce jour-là, elle rentre pas tout de suite, hein ? En plus j'abuse pas, j'ai fait un cycle court. »

En effet, les petits chiffres orange du cadran disaient qu'il restait encore six minutes et trente secondes à supporter Tony. Bon, s'il ne s'en prenait pas à moi, je devais pouvoir survivre.

Il s'est assis sur le canapé comme au bon vieux temps… J'ai voulu rejoindre ma chambre, mais je me suis ravisée. Je préférais le garder à l'œil et voulais être sûre qu'il n'enchaîne pas sur un cycle de séchage.

— Au fait, désolé pour la gaffe sur ton père, a-t-il lâché. Tu dois m'en vouloir.

— Hum. On va dire que ça m'a ouvert les yeux.

— Sur quoi, Petite Bouture ?

J'avais envie de l'étrangler.

« Œdipe, hein ? comme disent les charlatans de psys… », a-t-il poursuivi, fier d'avoir retenu un concept un peu élaboré.

Waouh, seraient-ce les six plus longues minutes de mon existence ? ai-je pensé.

— Tu voudrais le connaître ?

— Qui ?

— Ton père, tu le cherches ?

— Pour quoi faire ?

Sans m'en rendre compte, j'avais épousé la stratégie de l'épuisement de l'interlocuteur en répondant à ses questions par des questions.

— Pour combler un vide, non ? Moi, je chercherais à savoir si j'étais toi, a précisé l'autoproclamé pédopsychiatre Tony.

— Savoir quoi ?

— Ben, qui c'est ! Ça te met mal à l'aise qu'on en parle ?

— Mal à l'aise, pourquoi ?

— Tu sais, j'ai parfois peur qu'un gosse sonne à ma porte pour me lâcher que je suis son père. T'imagines le truc !

Le bip de la machine a interrompu ce début de confession qui promettait des sueurs froides et j'en ai profité pour innover dans ma tactique :

— Mam, elle rentre plus tôt aujourd'hui.

— Ah mince, je fais pas de séchage alors ?

— J'ai entendu l'ascenseur, c'est sûrement elle, tu devrais te dépêcher.

— Oui, il vaut mieux que ta mère ne me voit pas avec cette chose…

Il montrait le string en dentelle qu'il venait de sortir du tambour.

« Il vaut mieux, c'est certain », ai-je répondu.

Une fois les vêtements mouillés entassés dans son sac de sport, il a regagné la porte, tête baissée.

— Yo, j'y vais. Porte-toi bien, Petite Bouture.

— Tony ?

— Oui ?

— Les clés, tu me les rends s'il te plaît.

— Tu crois ?

— Affirmatif.

Visiblement dépité, il s'est exécuté et a posé le trousseau sur la console de l'entrée. Avant de quitter les lieux, il m'a fait un clin d'œil. J'ai été prise du soudain désir de redonner vie à Lola, juste pour l'embêter…

Le lendemain, à la récré, je me suis précipitée sur Domitille pour lui raconter cette intrusion. « Et la biscotte ? » a-t-elle lancé en riant, mais je lui ai confié que j'avais arrêté d'en glisser sous le paillasson.

Elle aussi avait quelque chose à me dire, je le sentais. Elle laissait planer le silence et avait du mal à entamer sa collation maison, tandis que je croquais à pleines dents dans ma barre chocolatée industrielle qui réduisait considérablement mon espérance de vie. Je pensais que son comportement s'expliquait par le port de sa nouvelle chevalière.

Sa grand-mère maternelle, encore plus snob que sa mère, la lui avait remise lors d'un dîner très cérémonieux, le mois précédent. C'était une chevalière fabriquée sur mesure, gravée aux armoiries de la famille. Une grosse bague dorée un peu lourde, avec une espèce de dragon et de cygne enlacés que Domitille devait porter au petit doigt. Pas ultra-pratique. Et le blason n'était pas tellement approprié, vu comment les Patemollière traitaient ma copine. Une gravure de fille derrière des barreaux ou courbée sous trois cailloux aurait été plus pertinente.

« Si c'est ta chevalière qui te gêne, ai-je dit pour briser le silence, planque-là dans ta trousse. »

Domitille a secoué la tête, elle voulait visiblement aborder un sujet plus délicat :

— Tu sais, hier, j'ai vu ta mère pas loin du collège, elle parlait au père de Bertrand.

— Tu es sûre ? Hier, je suis rentrée toute seule et je suis tombée sur Tony.

— Oui, c'est pour ça que je te le dis. C'est bizarre. En plus, j'ai cru que t'étais dans les parages et je me suis approchée.

— Ne me dis pas, je sens que ça va m'énerver. Elle le draguait ?

— En quelque sorte.

— Je lui ai pourtant interdit ce terrain de chasse et mille fois répété que l'école et ses abords étaient une *no-go zone.*

— Je sais pas si elle le draguait, mais je l'ai entendue lui dire que tu étais amoureuse de Bertrand.

— Qui, moi ?

— Et ajouter des trucs hyper malsains, genre que tu es une jeune fille terriblement timide et qu'elle voudrait t'aider…

— Oh non, la honte ! Je vais la tuer.

Mam m'avait interrogée sur les noms de famille de mes camarades, les avait googlisés et avait ainsi identifié certains pères de la classe. Elle ne prenait même pas la peine d'activer l'option visite fantôme sur LinkedIn, donc elle laissait ses traces sur tous les profils. Tous les parents savaient que Corinne Ferrini avait parcouru leur page en ligne. J'en étais mortifiée. Et elle avait dû découvrir que le père de Bertrand, Jean-Pierre Michelet, était PDG d'une grosse boîte pharmaceutique. Elle avait dû ensuite cliquer sur *societes.com* pour tomber sur son CA à huit chiffres et décider qu'il en devenait désirable, malgré son double menton et sa goujaterie perceptible à la première rencontre.

Elle savait très bien flairer les hommes avec qui il était facile d'aller sur un terrain poisseux de sous-entendus sexuels, rien qu'en tortillant une mèche de cheveux et en baissant les yeux. Depuis vingt ans, elle étudiait la psychologie humaine dans des chambres, des salons où la maladie affaiblit et où la vulnérabilité ouvre les coulisses de l'âme. Elle disait qu'elle n'était pas assez érudite pour des jeux de séduction complexes, mais que son physique lui permettait d'aller droit au but. « Des candidats pour ces jeux basiques, on en trouve partout, même dans le 7e arrondissement », expliquait-elle.

Après mon goûter et mes devoirs, je l'ai attendue sur le canapé, bras croisés avec une attitude qui, je l'espérais, susciterait une justification immédiate et contrite. Mais à peine la discussion entamée, elle a contre-attaqué : « Vu le prix que me coûte ton école, si mon retour sur investissement ce n'est pas ta réussite sociale, il faut que ce soit un succès matrimonial pour moi. Tu ne fais pas d'efforts, moi j'en fais. »

Elle s'est assise devant notre ordinateur, s'est connectée et, provocatrice, a lancé : « Alors, quelle est l'actualité de Jean-Pierre Michelet ? Oh, je vois que le 14 avril, il prendra la parole dans un colloque ouvert au public. Quelle tenue tu me conseilles ? »

Désespérée, je me suis cloîtrée avec de la musique classique et *Vipère au poing*. Folcoche s'avérait toujours une consolation. Au salon, Mam a riposté avec Véronique Sanson qui chantait « Une nuit je m'endors avec lui ». Le titre *Amoureuse* a envahi le quartier et j'ai mis mon casque, affligée. Finalement, je regrettais presque l'opération Lola, je n'aurais peut-être pas dû court-circuiter le cycle Tony.

21

Petite étoile

Au collège, les regards dégoûtants de Bertrand Michelet, raie sur le côté, air suffisant, ont achevé de me ruiner le moral. En cours de maths, il s'est mis à simuler le jour béni où il me roulerait une pelle. Beurk... Il ressemblait à un gecko essayant d'attraper une mouche avec sa langue. J'étais parcourue de frissons de dégoût et d'une vague de tristesse en pensant que Mam acceptait depuis plus de vingt ans ce genre de bassesses à peine plus matures.

L'insistance de Bertrand s'est poursuivie jusqu'au cours de techno, où pour mieux l'ignorer je me suis concentrée sur M. Pereira. Un remplaçant. Notre prof habituel était absent pour cause de « maladie longue », comme ils nous ont dit, sans doute pour ne pas lâcher le mot honni de *dépression.*

M. Pereira s'est présenté brièvement, a précisé qu'il souhaitait un bon rétablissement à son collègue, puis il a commencé son cours sur un ton dynamique. Grâce à mon enquête, je savais que son nom était d'origine portugaise. Et tandis qu'il détaillait les quatre grandes familles de matériaux – les métalliques, les minéraux, les organiques et les composites – je me focalisais sur les organiques, les êtres vivants tels que M. Pereira. Je le regardais avec intensité comme pour le scanner, surtout son visage.

Domitille classait pour nous deux les matériaux sur la fiche qu'il nous avait distribuée et moi, j'étais occupée à dessiner. Pereira avait un nez un peu abrupt comme le mien, genre falaise cassée, et un menton en galoche, ce dont heureusement je me trouvais dépourvue. Il me lançait de drôles d'œillades, rien de pervers mais des petites vérifications discrètes. Évidemment, la probabilité était d'un sur je ne sais combien de millions pour qu'il soit le propriétaire de ma paillette. Qu'importe, rien ne m'empêchait d'imaginer un M. Pereira rajeuni d'une décennie dans l'une de ces cliniques portugaises en train de vendre sa semence. Le temps passant, je l'imaginais en proie au doute. Et finalement payer une secrétaire en charge des dossiers des donneurs, afin de connaître les noms des femmes bénéficiaires. Je le voyais tomber sur celui de ma mère et décider sur un coup de tête de s'installer ici pour me rencontrer. Peut-être était-il allé jusqu'à droguer mon ancien prof afin de le remplacer…

Domitille a soudain rallumé les lumières de ma petite salle de cinéma intérieure :

— Kalindra, t'es *in love* ou quoi ? Ça fait une demi-heure que tu mates le prof. Soit t'es qu'une fayote, soit t'es amoureuse.

— Je me dis que c'est peut-être mon père

— Hein ? Alors là, ce serait énorme.

— Pourquoi pas, il a un nom portugais et débarque d'on ne sait où.

— Tu penses qu'il est là pour toi ?

— Oui, il a même drogué et ligoté notre prof pour obtenir le poste de remplaçant.

— C'est sûr, c'est un criminel. En revanche, je sais pas pourquoi il a donné son sperme, il est vraiment moche. Même si je suis très contente que tu existes, ma Kali.

— Ouais, il est laid, heureusement qu'il était anonyme, Mam n'aurait jamais couché avec lui.

Après le cours, j'ai convenu avec Domitille de le prendre en filature.

Ce soir-là, il n'a pas traîné dans la salle des profs – cet endroit où ils critiquent les élèves et où se nouent leurs histoires de fesses. Il est sorti du collège après la sonnerie, a tourné à droite et s'est arrêté devant une petite voiture grise. Que j'étais bête ! J'étais à pied et, la fleur au fusil, j'avais cru pouvoir le suivre. De rage, j'ai donné un coup de pied dans un bac de fleurs. Douleur intense. Je me suis sentie encore plus bête.

Le lendemain, je m'étais bien mieux équipée, j'avais loué un Vélib. OK, j'avais besoin d'un soupçon de chance, car s'il prenait le périph, j'étais foutue.

Sa voiture s'est dirigée vers le sud de Paris, en prenant des petites rues. Je tenais parfaitement la distance et, à un moment, j'ai pu entendre les notes d'une musique brésilienne. Il avait ouvert sa fenêtre et s'était mis à chanter. Si ce type était mon père, je commençais à l'apprécier. Il roulait prudemment, écoutait de la jolie musique et ne mettait pas son bras sur la portière comme Tony qui, lui, conduisait comme un fou en écoutant du rap sale.

La bagnole s'est arrêtée devant un immeuble moderne du 14e. Au rez-de-chaussée, une crèche. Je l'ai vu franchir la porte vitrée. Le cœur en stand-by, je guettais.

Cinq minutes plus tard, il est sorti avec dans les bras une petite fille à couettes, genre un an et demi. En chantonnant et avec des gestes d'une infinie tendresse, il l'a déposée dans son siège auto, avant de refermer la portière. En quelques secondes, il avait réussi mon entretien d'embauche : je rêvais d'un père comme ça. En moi s'est ouvert un éventail d'espoir.

Le jour d'après, je le suivais encore jusqu'à la sortie de la crèche. Les mêmes gestes, la même chanson, la même tendresse… J'ai commencé à mémoriser les paroles de la comptine qu'il chantait à sa fille.

« Brille, brille petite étoile. Dans la nuit qui se dévoile. »

Cachée derrière un panneau de travaux, je sentais ma gorge se nouer d'émotion.

Le jour suivant, je connaissais parfaitement les paroles de la chanson. « Brille, brille petite étoile. Dans la nuit qui se dévoile. Tout là-haut au firmament. Tu scintilles comme un diamant. »

Le soir, dans mon lit, je me la chantais en murmurant : « Brille, brille petite étoile. »

22

Gonzague *vs* Mahler

Maman était allongée sur le canapé, les yeux baignés d'une étrange lumière bleue diffusée par des lunettes en plastique blanc.

— Ça va ? ai-je demandé, après avoir lâché mon sac sur le sol comme un esclave égyptien sa pierre au pied d'une pyramide.

— Oui, pourquoi ? La toilette intime de M. Durieux a été reportée. Vacances pour bibi !

— T'as quoi sur le nez ?

— Oh ça, luminothérapie, *baby* ! J'ai découvert que je suis comme le mimosa, qui a gardé son rythme de floraison sur le fuseau australien. J'ai beau avoir grandi dans la Beauce, j'ai besoin de soleil en hiver pour m'ouvrir, m'épanouir.

Je n'étais pas d'humeur. Trop de sentiments contradictoires se bousculaient depuis que j'avais rencontré

M. Pereira. Je me suis servi un bol de Coco Pops et j'ai filé dans ma chambre.

Mam a interrompu sa séance pour brutalement m'annoncer, sur un ton de directrice de pensionnat anglais, qu'un professeur de danse allait arriver.

— Quel professeur de danse ? ai-je dit, ahurie.

— Écoute, j'ai eu cette idée en parlant au père de Bertrand. Il paraît que son fils adore le rock.

— Et alors ? Moi j'aime la musique brésilienne et Mahler les jours où j'ai envie de pleurer.

— Justement, Kali, tu vas apprendre à danser le rock, comme ça tu pourras participer avec Bertrand au prochain rallye. Génial, non ? Ce prof n'est pas cher en plus. Il arrive dans une heure.

Je n'avais aucune envie de me trémousser dans le salon au bras d'un inconnu qui me trouverait désespérément gourde. Ma mère s'est énervée, comme quoi j'avais intérêt à y mettre du mien et à intégrer bien vite un de ces rallyes. Elle s'était documentée et affirmait que ce genre de soirées entre enfants riches débouchait sur des alliances très intéressantes. Elle les avait listés, il y avait le rallye Opale, le rallye Cheverny… Bref, que des noms de châteaux, d'oiseaux ou de pierres précieuses qui sonnaient dorures.

— Qu'est-ce qu'il y a ? Je vois bien que tu es bizarre en ce moment.

— Je crois que j'ai trouvé une piste pour mon donneur.

— Oh, Kali, ne me dis pas que tu le cherches. Qu'est-ce que tu crois que ça changerait ?

— Mon nouveau prof de techno, il est portugais.

— Oui, comme beaucoup de gardiens d'immeubles parisiens et d'ouvriers dans le bâtiment.

— Sauf que M. Pereira me ressemble beaucoup. Il a le même nez que moi.

— Il a quel âge ?

— Je sais pas, environ trente ans.

— Les donneurs devaient avoir minimum vingt-cinq ans dans ma clinique. Chaton, fais le calcul, ce n'est pas possible.

— Ben si, il fait jeune. En fait, il doit avoir quarante ans.

— Il est sur Facebook ou LinkedIn ton M. Pereira ? Je vais vérifier.

— Non, surtout pas ! Je veux pas que tu le contactes !

Ma mère était déjà sur Internet et cela ne lui a pris que quelques minutes pour trouver l'info.

— Ma puce, ton nouveau prof a trente et un ans et il est né à Paris. Tu vois bien. Ne perds pas ton temps avec cette histoire de père, concentre-toi sur l'avenir.

— Comment tu sais que c'est le bon Pereira ?

— Parce que d'autres parents l'ont contacté et que c'est écrit sur son profil. *Né en 1986, à Paris.* Viens voir.

— Je te déteste.

La sonnette a retenti.

« Oh, il est en avance, a lancé ma mère d'une voix réjouie. Allez, viens danser ! Ça va te changer les idées. Regarde, Cendrillon, si elle avait pas su danser, walou le prince ! »

Gonzague de Tonnerie – veste jacquard, la cinquantaine sèche, raide et certainement abstinente – allait me servir de prof de danse. On était loin de *Flashdance.*

Il s'est étonné de l'étroitesse de la pièce. Mam a répliqué qu'on était chez moi, qu'elle m'avait donné mon indépendance et qu'elle préférait que j'apprenne ici, plutôt qu'un étage plus bas dans notre grand appartement bourgeois rempli d'objets coûteux et fragiles. Pas sûre qu'il ait mordu à l'hameçon… Mais lui-même, côté capital, paraissait n'avoir plus que son titre et ses manières (sa veste était rapiécée, ses semelles fatiguées).

Mam s'est éclipsée et Gonzague a installé ses affaires. Il avait apporté une petite sono. Enfin, une petite enceinte connectée à son téléphone. Il m'a demandé d'aller enfiler une robe ou au minimum une jupe. Je suis revenue dans le salon en jupe kaki estivale, l'une des seules que j'avais et qui prenait la poussière. Je portais une tenue que je détestais et j'affichais l'air hostile d'un Nord-Coréen en réunion avec le reste du monde.

Gonzague pinçait les lèvres, je pouvais lire sur son visage un certain dégoût envers ma génération dépravée. Il a mis un morceau un peu vieillot que je n'avais jamais entendu et commencé à taper du pied, claquer de la langue pour me faire entendre les temps. Un, deux, trois, quatre… Puis il m'a pris la main. Sur une poussée de confiance aussi soudaine qu'inattendue, j'ai ondulé et tenté de faire tourner la vieille chouette Gonzague. Il s'est raidi, a lâché brusquement ma main et interrompu la musique.

« Le principe n° 1 du rock, c'est que l'homme guide, non la femme. Vous devez vous contenter, mademoiselle, de répondre à mes impulsions, mes propositions. »

Cette danse qui, selon ma mère, devait me permettre de m'élever socialement, m'a dégoûtée subitement : elle répondait aux stéréotypes auxquels Mam adhérait follement. Je n'arriverais pas à m'y soumettre. Après d'autres échecs, Gonzague a enfin eu la délicatesse de noter mon net désintérêt pour le rock. Il a proposé de m'enseigner une danse plus indépendante, qui s'effectue sans partenaire : le madison. Puis, vipère, il a glissé : « C'est aussi la danse des filles qui ne sont jamais invitées… » Je n'ai pas relevé sa perfidie de vieux garçon et j'ai continué d'apprendre les pas. Avancer, tourner, recommencer… en imaginant un grand carré avec, théoriquement, d'autres danseurs autour. L'exercice m'allait finalement assez bien. Cette danse ressemblait à la macarena. J'ai voulu rajouter quelques mouvements de bras pour que la dépense calorique soit plus intéressante, mais Gonzague m'a corrigée aussitôt.

Mam est enfin revenue et le professeur a pris ses 40 euros, en soulignant qu'il y avait encore du travail. Elle a répondu tout sucre, tout miel : « Les moyens sont illimités pour faire de Kali une parfaite jeune fille de bonne famille. » J'avais l'impression d'être dans un *Sissi.* Elle s'évertuait à tenter de me greffer sur un nouvel arbre, à créer une nouvelle lignée plus noble que la sienne, tandis que moi, je cherchais seulement un peu d'aide pour comprendre d'où je venais.

J'ai regagné ma chambre où j'ai pu écouter seule et avachie sur mon lit la *Symphonie n° 5* de Mahler.

23

Sainte Kalindra

JE TENTAIS DE REPRODUIRE AVEC AMÉDÉE les quelques mouvements de danse appris avec l'infâme Gonzague. Amédée avait mis un vieux rock qui grinçait un peu sur sa platine fatiguée, il était aussi nul que moi, on riait bien. J'avais réussi à lui changer les idées.

Il était venu sonner avec une histoire de mail de la police l'informant de l'existence d'une plainte contre lui. Mais j'avais bien vu qu'il y avait autre chose. Il était fébrile, il avait mauvaise mine.

Après notre piètre rock, je l'ai fait s'asseoir dans le canapé, disant que cette fois, je me chargeais du chocolat chaud. La fausse plainte de la police probablement venue d'un cybercafé rempli d'escrocs pouvait attendre, et je m'attelais à lui redonner des forces. Mam s'occupait d'un patient au nord de Paris.

Quand je me suis approchée avec la tasse de chocolat, Amédée a encore une fois parlé de cette voix tremblotante : « Oh, merci, ma petite, ça me fait tellement de bien qu'on s'occupe de moi. »

Son intonation m'a touchée et j'ai eu l'impression d'être dans un de ces films hollywoodiens où le vieillard sur son lit de mort s'apprête à révéler un incroyable secret, ou à proférer des paroles d'une sagesse extrême. Mais Amédée m'a avoué qu'il avait des soucis de famille et qu'il ne souhaitait pas en dire plus.

— Mince, j'y connais pas grand-chose en famille. Qu'est-ce que je peux faire pour vous aider ?

— Si tu peux rester un peu, c'est tout.

Il m'a souri avec douceur. Je me sentais bien dans ce rôle. J'ai mis un soin particulier à lui préparer un verre d'eau, à lui placer un tabouret devant les pieds pour qu'il puisse allonger ses guiboles. Étaient-ce les gènes de ma mère qui s'exprimaient ? Aide-soignante à mon tour ?

Soudain Amédée a renversé la tête en arrière en disant qu'il avait un peu chaud, et j'ai été saisie d'une audace : éponger délicatement son front avec une serviette humide. J'avais vu ça dans un vieux dessin animé où une des filles du docteur March avait la scarlatine et je m'étais dit que le geste de passer un linge mouillé sur le front d'un malade était très noble. « Très christique », aurait dit Domitille qui m'avait parlé du Saint-Suaire de sainte Véronique. L'équivalent à l'époque d'un maillot de Cristiano Ronaldo porté pendant une finale. Domitille, elle, rêvait d'aller à Turin voir le Saint-Suaire.

Quelques minutes plus tard, Amédée paraissait aller beaucoup mieux. Il s'est redressé et m'a questionné sur ma mère. Comment je vivais le fait qu'elle accorde autant d'importance à l'apparence ? Comment j'arrivais à éviter la fusion ? Est-ce que ma mère me pousserait à faire des études ? Personne ne m'avait jamais posé ces questions, certes un peu intrusives, mais qui me faisaient du bien. Quelqu'un s'intéressait réellement à moi et pour la première fois, j'ai pris du temps pour réfléchir à mon ressenti.

Sur un ton plus léger, Amédée a fini par lâcher : « Si je peux me permettre Kalindra, ta mère, elle est quand même un peu trop trafiquée. »

J'ai compris alors qu'il n'était jamais venu sonner avec l'idée de la séduire et que Mam interprétait toute initiative masculine comme un début de chasse amoureuse. Notre voisin souffrait de solitude, rien d'autre, et je lui ai suggéré d'appeler sa fille Christelle. « Elle va répondre qu'elle est trop occupée pour venir me voir et ça va me faire du mal », a-t-il dit.

Pour changer de sujet, je lui ai parlé d'un truc qui me tracassait. J'avais trouvé dans la boîte aux lettres un courrier d'huissier avec autocollant rouge. Maman allait encore me laisser seule toute la soirée. La dernière fois qu'une enveloppe de ce type était arrivée, elle avait téléphoné à Thierry, un ex hyper macho que je n'aimais pas du tout, mais il était banquier et ça pouvait dépanner. D'ailleurs, au petit déjeuner, elle avait roucoulé : « Tout va bien, ma chérie, Maman a géré. » Encore sa technique du chat qui se frotte pour avoir des croquettes.

Amédée m'a gentiment écoutée, puis il m'a expliqué que l'épicier de la rue avait reçu une fausse relance sur papier rouge. Il fallait se méfier aussi des courriers que l'on recevait par la poste, c'étaient parfois des faux.

J'ai remarqué que mon voisin était à nouveau fatigué et avant de partir, j'ai pensé à lui resservir un verre d'eau. Comme il ne paraissait plus avoir besoin de moi, je me suis éclipsée en regrettant de ne pouvoir rejouer la scène du linge humide. Sainte Kalindra, cela sonnait pas mal, je trouvais. Et surtout ça n'existait toujours pas dans le calendrier. J'avais quand même vérifié sur les exemplaires PTT à chatons d'Amédée. Le créneau de la sainteté était donc libre. Un boulevard.

24

Sexe, mensonge et journal

C'ÉTAIT UNE VRAIE LETTRE D'HUISSIER que le facteur avait glissée dans la boîte de *M. et Mme Ferrini* – Mam préférait afficher ce mensonge pour faire taire d'éventuelles rumeurs, même si tout l'immeuble avait dû remarquer que je n'avais pas de père et qu'aucun monsieur digne de ce nom ne vivait à la maison. Sinon, aurions-nous reçu cette demande de recouvrement à cause de l'une de ces dépenses dingues que Mam faisait pour son physique ?

Elle n'avait pas téléphoné à son ex de banquier, le filon devait être épuisé. En revanche, nous étions de retour chez mes grands-parents pour quelques jours.

Sur le perron de la ferme, ma grand-mère nous attendait, un peu raide. Elle paraissait déjà au courant de nos nouveaux problèmes d'argent. Elle m'a regardée comme si j'étais un veau blessé, avec l'air de me plaindre de toute son âme d'avoir une mère pareille. « Viens, ma Kali, j'ai fait de la compote », a-t-elle dit, sans adresser un mot à Mam. Déployant un surplus de gentillesse, elle m'a tendu sa petite main aux doigts boursouflés, coincés dans des bagues dorées, en signe d'invitation à entrer.

Mam est montée dans sa chambre. Dans la cuisine, le ton de ma grand-mère est passé de doux à doucereux. « Elle est pleine de surprises hein, ta maman ? » Elle évoquait peut-être par là nos problèmes financiers, mais moi, c'était de la vérité sur mon géniteur dont je voulais parler. Alors de but en blanc, j'ai demandé :

— Tous les deux vous étiez au courant pour l'insémination de Mam ?

— Tu sais, elle nous a d'abord menti en inventant un médecin très occupé, qui voyageait beaucoup. Et après, quand elle a fini par cracher le morceau parce que je me doutais que son histoire de déplacement éternel ne tenait pas debout, elle s'est justifiée. Soi-disant qu'on lui mettait la pression et qu'on n'aurait pas pu entendre son choix de faire un enfant seule.

— Pourquoi personne ne m'a rien dit pendant toutes ces années ?

— Tu sais, c'est compliqué. Au départ, Corinne avait épousé quelqu'un de parfait pour nous.

— Quoi ? Elle a été mariée ?

— Oui, une belle vie l'attendait. On avait fait les choses bien.

Encore un secret, je n'en revenais pas. Bientôt, j'apprendrais qu'en fait je suis la fille de l'agriculteur du bled voisin… et cela me semblerait normal, tellement les Ferrini sont cachottiers. Sans vérifier que j'étais prête à l'entendre, ma grand-mère s'est mise à dérouler toute l'histoire secrète. Mam s'était mariée avec un certain Jean Palissard qui cultivait du maïs et allait hériter de champs de blé : l'équation parfaite ou le jackpot, comme au Monopoly, quand vous avez la rue de la Paix et que vous récupérez l'avenue des Champs-Élysées. Je savais déjà que Mam était victime du syndrome de la Schtroumpfette – j'avais lu un article sur le sujet qui expliquait la surreprésentation masculine dans les œuvres de fiction. Dans la vraie vie campagnarde, elle n'était qu'une fille réduite à son sexe biologique. Un personnage périphérique d'une histoire qui se jouait sans elle, alors que les garçons autour d'elle étaient considérés comme des individus à part entière, et comme la norme.

Ma grand-mère a visiblement éprouvé le besoin de couper des légumes pour continuer à me parler et surtout pour me tourner le dos… « Mais bon voilà, c'est ta mère et elle a tout fait capoter. Tu sais, nous aussi, elle nous a déçus. Beaucoup, beaucoup déçus », affirmait-elle en soufflant et en tranchant des carottes. Je me suis dit qu'elle aurait volontiers découpé sa fille en rondelles, si nous vivions dans une société où ce genre de crime était toléré.

Je ne savais pas que Mam avait été mariée mais la suite, elle me l'avait racontée. À vingt et un ans, sac à dos à l'épaule, elle s'était fait son petit palmier sur la tête avec son chouchou, puis « adieu Berthe », en l'occurrence adieu Renée. Bon, ce n'était pas le Pakistan non plus cette histoire de mariage forcé, mais avec son petit parcours migratoire à elle, de Coulommiers-la-Tour à Paris, Maman marquait le coup. Et signalait son émancipation. Elle s'était ensuite lancée dans une formation d'aide-soignante, une vocation développée en prenant soin de Marcellin, le vieil employé de la ferme – elle lui avait soigné les pieds, préparé des grogs et des bouillottes. Il ne voulait pas quitter la ferme, mais répétait souvent qu'elle devait s'en aller. Qu'elle pouvait décrocher une autre vie.

Ma grand-mère a quitté ses fourneaux pour revenir avec un album photo. Elle l'a posé sur la table et a tourné les pages jaunies, dont le film plastique se décollait par endroits. « Regarde, c'est ta mère. On la reconnaît pas, hein ? »

Je me demandais si Renée cherchait vraiment à me consoler. Sur la photo qu'elle avait laissée devant moi avant de retourner à ses légumes, me toisait une jeune fille brune dans une cuisine, le torse ceint d'un tablier. Un torse de garçon. Et un regard triste.

Quelques heures plus tard, mon grand-père nous faisait un chèque. Soulagée, Mam est partie ramasser du petit bois en souriant. Moi, je voulais profiter de ma présence sur les terres de sa jeunesse pour enquêter. Je m'étais souvenue du conseil de Domitille : interroger le gynéco. La simulation d'une grosse douleur au ventre m'a permis de rencontrer le docteur Bourlier, le médecin de la famille et notamment de Mam pendant toute son enfance et au début de sa grossesse. Mon grand-père m'y a emmenée, mais j'ai insisté pour le voir seule dans le cabinet. « C'est peut-être gynécologique », ai-je dit, et le mot a eu l'effet répulsif souhaité.

Le fauteuil en cuir bordeaux du docteur Bourlier était comme moulé sur lui : le médecin ne s'était même pas levé pour m'accueillir. Il y avait des flacons de sirop ouverts et dégoulinants sur des étagères, des feuilles d'ordonnance par terre, des cadeaux de laboratoire partout sur son bureau et plus vraiment de papier sur sa table d'auscultation. Certainement l'effet désert médical. Je me suis allongée en faisant une grimace sur la table et, me ravisant, j'ai dit :

— En fait, on va gagner du temps, j'ai mal nulle part, je suis venue vous parler de ma mère, Coco. Corinne Ferrini.

— On ne me l'avait pas encore faite, celle-là, s'est exclamé le docteur Bourlier. Je suis médecin, dermatologue, pédiatre, cardiologue, gérontologue, tout ce qu'on veut, mais pas psy.

— Je viens de découvrir que je suis née d'une paillette et j'ai besoin de savoir comment ça s'est passé.

— Ah, ta mère, toujours à la pointe. Des nouveaux seins avant même qu'ici on sache que ça existe, le silicone. Un bébé toute seule, oui, faut suivre avec elle.

Il a ouvert l'un des tiroirs de son vieux meuble en métal et sorti un dossier.

« Oui, a-t-il repris, elle est venue me voir quand elle a découvert qu'elle était enceinte. Je crois me souvenir l'avoir questionnée sur le père. Elle a inventé une histoire de rencontre d'un soir, puis elle m'a confié qu'elle avait trouvé de la semence. Comme nos agriculteurs, quoi. »

J'ai dû arborer une mine un peu dégoûtée car il s'est corrigé :

— Enfin, une graine de papa, c'est ça qu'on dit ? Bref, elle était très heureuse.

— Heureuse ?

— Elle n'arrêtait pas de se caresser le ventre. Je l'avais rarement vue aussi radieuse. Elle doit beaucoup te chérir… Pardon si je parle comme un vieux, mais c'est tout cet amour qu'elle avait à donner qui t'a fait naître.

— Oui, enfin, j'ai l'impression parfois qu'elle voudrait plutôt m'abandonner.

— C'est qu'elle se met la pression, Coco. Toujours en quête de perfection. Et d'amour.

J'étais en train de me lever pour partir, quand le docteur m'a interrompue : « Attends. » Il a ouvert un nouveau tiroir du meuble en métal coquille d'œuf et fouillé dans ses papiers. « Oui, voilà, c'est ça », a-t-il ajouté sur un ton guilleret, un dossier orange dans la main. Quand il a attrapé un stylo sur son bureau, j'ai pensé qu'il allait me prescrire des antidépresseurs pour jeune ado, genre au goût de fraise. Mais non. J'ai vu en m'approchant de lui qu'il écrivait un nom de famille.

« C'est le nom du gynécologue qui l'a suivie, a-t-il dit en me tendant le bout de papier. Mais regarde, j'ai mieux. »

Il a repris le dossier orange déposé sur le bureau.

« Ta mère m'a écrit pendant sa grossesse. Elle n'avait pas dit la vérité à son gynécologue. Je crois qu'elle ne pouvait parler de son projet à personne, alors je lui avais suggéré de tenir une sorte de journal et elle m'avait dit "d'accord, mais je vous l'enverrai, j'ai besoin d'avoir au moins un lecteur pour me sentir moins seule". Désolé pour l'état des feuilles, comme tu le vois je ne suis pas très homme d'intérieur. En tout cas, j'espère que je ne me trompe pas, mais je pense que je peux te le donner. »

Et il m'a tendu un paquet d'une dizaine de feuilles froissées, bleuies de l'écriture ronde de ma mère. Avec des bulles sur les *i*, ça venait bien d'elle.

Je l'ai regardé, ahurie.

« Et oui, je suis un petit médecin de campagne à l'air rustre, mais je sais être fin. Et un peu psychologue. Tiens, prends-le, tu pourras le lire dans les moments où elle ne te paraît pas à la hauteur. »

25

Le bal

À L'HEURE DU REPAS, un moustachu avec une chemise trop grande pour lui, un surplus de gel dans les cheveux et un air de vendeur ambulant embarrassé s'est pointé à la ferme. Dans les bras : des fleurs, du vin et des chocolats. Il avait frappé à la porte vitrée de la cuisine et attendait sans bouger d'un cil, genre en apnée.

Mam s'est tournée vers ses parents avec des yeux de hyène avant d'aller l'accueillir, comme on ouvre la porte aux Témoins de Jéhovah. Il est entré timidement et attendait une sorte de geste de bienvenue que Mam se refusait à lui offrir. Elle le scannait sans rien dire. Ma grand-mère s'est précipitée en diplomate de la situation pour détendre l'atmosphère.

« Oh, Frédéric, je suis tellement heureuse de te voir ! Je t'ai connu, t'étais pas plus haut qu'une roue de tracteur. Désolée, Corinne est très timide mais dans deux kirs, elle sera tout à fait détendue. Raconte-moi tout, les récoltes, tes parents... »

Elle l'a guidé vers le salon. Puis, se retournant vers ma mère, elle lui a lancé un regard plus violent que du pesticide Roundup. De mauvaise grâce, Mam s'est assise dans un fauteuil éloigné. Mon grand-père, lui, faisait des Sudoku dans sa chambre. Certainement bloqué sur une grille, il n'est même pas descendu dire bonjour.

Comme ma mère restait silencieuse, ma grand-mère continuait la conversation et elle adorait ça. Lui, après deux questions aux réponses assez stériles, avait renoncé à tout échange avec Mam et se réjouissait finalement de discuter avec Renée, avenante et assez experte dans le domaine agricole. J'ai l'impression que ma grand-mère avait même un crush sur Frédéric, vingt-cinq ans de moins qu'elle. Elle riait à toutes ses blagues pourries, jetait sa maigre chevelure en arrière, tortillait ses mèches grises dans ses doigts. C'était son *date* de l'année.

J'ai regardé Mam et j'ai compris qu'elle aussi se disait que Renée vivait la meilleure soirée de sa vie. Elle souriait, un peu moqueuse. Puis elle s'est tournée vers moi, affichant un large clin d'œil et un pouce levé. J'ai dû m'enfuir aux toilettes tellement j'avais envie de rigoler. Ma grand-mère et Frédéric n'ont rien vu je crois.

Après le dîner, ma grand-mère lavait la vaisselle et ma mère la séchait avec le torchon. « Tu me promets, tu le reverras, hein ? » a chuchoté Renée à sa fille. Il était question d'un bal le mois suivant dans le patelin et de cette occasion en or de revoir le moustachu. Surtout pour ma grand-mère, je pensais en me marrant.

« Bien sûr, a répondu Mam, rieuse, j'ai hâte, toi aussi j'imagine. » Elle disait toujours qu'il fallait avoir un comportement de dresseur de serpents dans cette famille : jouer du pipeau et jamais tourner le dos.

Avant de me dire bonne nuit, ma mère s'est attardée sur mon lit. Je n'avais pas encore décidé si oui ou non, je lui raconterais en détail ma rencontre avec le docteur Bourlier. J'avais envie de lire les pages qu'il m'avait remises, et en même temps, je n'osais pas. Entrer dans le cercle de la répétition et mentir à ma mère comme elle mentait à la sienne, cela me pesait. Mais si j'avouais être en possession de son journal de grossesse, Mam risquait de m'en interdire la lecture. Et ça, c'était hors de question.

Elle était en train de me parler, alors que je réfléchissais à la suite de mon enquête.

« Tu sais c'est quoi, le problème de tes grands-parents ? Ils ne me font pas confiance. Ta grand-mère est tombée enceinte de moi à dix-huit ans, elle s'est toujours contentée de faire ce que son petit milieu attendait d'elle. Moi, je me suis débrouillée toute seule. OK, parfois, j'ai des incidents financiers mais je vis au pied de la tour Eiffel, j'ai une voiture et une gosse qui réussit bien à l'école, merde quoi ! »

J'ai bâillé ostensiblement, car je désirais écourter ce monologue et ouvrir rapidement le journal confié par le docteur Bourlier.

« Pardon Kalichou, tu es fatiguée. En tout cas, Renée nous attend pour le bal de la Saint-Machin. On va être obligées de revenir, et moi de revoir ce pauvre type qui n'intéresse qu'elle. Enfin, bon, si ça peut la faire se sentir un peu cougar, je veux bien lui offrir ce plaisir. Allez, bonne nuit, ma puce. » Puis elle est sortie de ma chambre.

Si seulement je pouvais retrouver mon donneur, ai-je pensé. Mam tomberait amoureuse de lui, ils se marieraient et tout rentrerait dans l'ordre. J'aurais un père et une mère avec alliance au doigt, et des grands-parents apaisés.

J'allais peut-être trouver des indices dans son journal de grossesse, je me disais en extirpant les feuilles froissées de mon sac à dos.

26

Autobiographie

Le docteur Bourlier m'a demandé d'écrire mon histoire. Il dit que ça pourrait m'aider et me faire économiser un psy. Je m'y mets même si s'épancher, c'est pas le genre de la famille. Enfin, je me dis que tout ça pourrait servir pour un futur casting ou mon autobiographie quand le monde me connaîtra enfin, haha.

Donc le point de départ : mon désir d'enfant. Ben, j'arrive pas à l'expliquer. Et je me sens bêtement animale, moi qui ai quitté la ferme, l'élevage pour la ville, le maquillage et les produits chimiques. Je pensais avoir surmonté les instincts d'union et de reproduction et pouvoir devenir une femme indépendante, indestructible.

Je n'ai pourtant aucune envie de perpétuer la lignée Ferrini. Mais me voilà, là, seule, quarante ans dans les dents et une envie d'enfant.

Wow ! Je dois avouer, ça me perturbait pas mal de lire ce genre de détails, comme un sentiment d'effraction dans l'intimité de Mam. Et surtout, déjà que l'univers, l'infini et le sentiment d'être une fourmi sur un caillou flottant me foutaient le vertige… Ajouter en plus une réflexion sur l'aléa des pulsions qui m'avaient conduite à la vie… Là, j'avais carrément le tournis. Et c'était un tourbillon de tristesse et de questions philosophiques insolubles.

J'ai arrêté là ma lecture et, un peu ballottée par tout ça, j'ai fini par m'endormir, les feuilles du journal de Mam glissant sur le côté de mon lit.

27

Argenterie

LORS DE NOTRE GOÛTER DU MERCREDI à l'appartement, j'ai fait le point sur mes avancées avec Domitille. Elle était assez épatée par mon culot chez le docteur Bourlier mais je ne lui ai pas parlé du journal, je savais qu'elle me demanderait de lui montrer et je n'étais pas prête. Chez elle, la situation virait au cauchemar. Sa mère était une fois de plus enceinte. Elle a soupiré : « On est vraiment des lapins ! »

L'année dernière, ses parents avaient promis que Stanislas, le dernier enfant qui venait de naître, serait l'ultime rejeton du clan la Patemollière.

« Ils abusent vraiment, ils ne tiennent pas leur parole. Ils peuvent pas arrêter de baiser un peu ? J'en ai ras le bol de changer des couches et de partager ma chambre », s'énervait Domitille.

Leur appartement était gigantesque, mais Quitterie avait réquisitionné une chambre pour se créer un bureau, une autre pour une buanderie, et finalement Domitille se retrouvait lésée.

— Ça, c'est parce que chez vous, les enfants ne sont pas un souci d'argent, ai-je lâché. Moi, ma mère me l'a suffisamment répété, je lui ai coûté un gros crédit conso. Donc fille unique. Tranquille !

— Pfft, ouais, mon père devrait plutôt aller vendre son sperme. De l'argent, on fait juste semblant d'en avoir. Il paraît qu'on est encore méga à découvert. Et les visites du château à moitié en ruine dont ma mère a hérité en Vendée, ça marche vraiment moyen.

— Ma mère, c'est pire. Ventre plat mais elle va sûrement changer de nez. J'ai trouvé dans son sac une brochure où elle avait entouré la prestation.

— Mince, elle ne garde aucune pièce d'origine alors. Elle a déjà fait les seins, la bouche... Tes grands-parents doivent être vexés.

Je l'ignorais. Toutefois, je voyais bien que Mam essayait de faire disparaître tout ce qui pouvait la relier à eux. Cela me fichait un coup : elle anéantissait aussi tout ce qui pouvait me rattacher de manière visible à elle. J'espérais encore que la postpuberté m'apporte quelques traits où lire mon appartenance et m'accrocher comme une moule orpheline à un rocher. Mais non, il n'y aurait rien. Ma mère était une femme bionique et mon père un ADN contenu dans un tube en plastique 0,3 ml.

Tout à coup, Domitille a évoqué une drôle d'idée qui l'avait saisie au réveil : il fallait qu'on fasse un pacte de sang et elle m'exposait ses arguments. Mon amie n'en pouvait plus de sa famille qui s'élargissait sans cesse, alors que moi, je devais souffrir d'être fille unique. Si l'on s'ouvrait l'index au couteau pour coller nos doigts sanguinolents l'un contre l'autre, on pourrait devenir sœurs de sang. Ce serait enfin notre choix.

Elle attendait ma réponse, un sourire plus large que mon salon sur le visage. Je restai muette. Sa proposition me perturbait. J'avais déjà l'impression d'avoir un ADN bizarre, alors ajouter cette goutte de sang de Domitille, du sang bleu en plus… cela me faisait peur. Mais elle était ma seule amie.

J'ai finalement hoché la tête et filé à la cuisine chercher un petit couteau. Puis à la salle de bains pour du désinfectant.

Nous avons donc consciencieusement tranché nos index avant de les joindre l'un à l'autre comme dans le film *E.T. l'extra-terrestre.* J'ai vite retiré mon doigt pour soigneusement le désinfecter. Domitille, non. Elle regardait la plaie avec ravissement en chantonnant : « Ma sœur, j'ai une sœur que j'ai choisie ! » J'appliquais le disque de coton imbibé d'alcool en me disant qu'avec le sang bleu de mon amie, le mien allait peut-être devenir violet. J'ai pris deux pansements. Domitille a refusé d'en mettre un, et d'un air qu'elle voulait mystérieux, elle a chuchoté : « Maintenant j'ai un peu de sang de ton géniteur portugais ! La classe. Il faut qu'on aille le rencontrer toutes les deux. Trouver la clinique au Portugal. »

Je n'avais d'ailleurs toujours pas compris pourquoi Mam était allée au Portugal pour me concevoir. Pays dont elle ne connaissait pas la langue, éloigné de nos racines italiennes… La réponse résidait peut-être dans ses confessions au docteur Bourlier. Domitille partie, je suis allée dans ma chambre reprendre cette enquête. Le journal de ma mère dormait toujours dans mon sac à dos, grosse imprudence de ma part. Il fallait que je lui trouve une cachette.

Une rencontre en boîte pour procréer ? Ça me tente vraiment pas. Peur des maladies, des mecs qui s'attachent, d'une parentalité partagée. Alors je me lance sur Internet, Doctissimo et d'autres forums. Je me retrouve sur des discussions de lesbiennes. Waouh, je me rends compte que j'ai encore un bon conservatisme de paysanne moi, je me sens pas du tout à l'aise dans ces discussions.

Je commençais à rire en lisant ma mère qui citait quelques phrases des forums lesbiens qui l'avaient choquée quand Mam est entrée dans ma chambre sans frapper.

— Pourquoi tu te marres comme ça, Kali ?

— Rien, juste une lettre d'amour pourrie que Domitille essayait d'écrire à un mec de la classe.

— Oh, génial, je peux voir ?

— Mam, non, tu le sais… C'est notre intimité d'ados…

— OK, OK.

Elle n'a pas insisté, elle m'a demandé si j'avais vu son blush, j'avais aucune idée d'où il se trouvait, puis elle est repartie au salon.

C'était bientôt la fin de l'année, et les vacances d'été.

J'ai consulté le site de l'UCPA qui proposait des séjours pas trop chers au Portugal. Il ne me restait plus qu'à convaincre ma mère, Domitille et ses parents. Et à trouver l'argent.

En termes de vacances, mon amie n'avait droit qu'à ses trois semaines estivales dans le QG de sa grand-mère sur l'île de Ré – une maison humide aux murs défraîchis. Dans sa famille, on n'avait pas les moyens d'entretenir ses biens, mais on était noyé sous l'argenterie. Et justement… Revendre les couverts et les saucières, Domitille y avait pensé avant moi. Personne ne les utilisait, sauf en de rares occasions. Au quotidien, les Patemollière se servaient d'un service Ikea qui passait au lave-vaisselle. « Avec mes cuillères et fourchettes de princesse, je vais nous offrir ce voyage, ma Kali. Je vais même t'offrir un père », a annoncé ma copine très émue et elle m'a prise dans ses bras longuement, comme s'il y avait de la colle sous ses manches qui l'empêchait de se retirer.

Notre braquage a rapidement été monté. Au prétexte d'un dernier exposé sur Charlemagne (un nom sésame pour Quitterie), nous nous sommes retrouvées seules dans le grand appartement.

Évidemment, Domitille connaissait l'emplacement de l'argenterie pour être obligée chaque année de l'astiquer avant Noël. Fébrilement, perchée sur une chaise, elle a sorti du haut d'un placard six grandes boîtes en cuir vert. Je les ai réceptionnées une à une pour les poser sur la table de la cuisine.

— Bon, bien sûr Kali, on les vend sans les boîtes, hein ! a-t-elle lâché. C'est moins classe mais pas le choix, il faut que je les remette en place et que Maman les voie si elle jette un œil dans ce placard.

— OK, on va faire les photos. Il est bien l'appareil de ton téléphone ?

— Bof, c'est un Nokia.

— Ce sera toujours mieux que le mien. Tiens, mets les fourchettes là avec les couteaux, et sous la lumière, la saucière et les cuillères. Sur cette nappe, ça rend bien, non ?

Cinq à six photos dans l'ambiance vieillotte de chez Domitille rendaient notre offre ultra-authentique :

aucun soupçon de contrefaçon pour ces couverts en argent massif.

De retour chez moi, j'ai créé une annonce sur Le Bon Coin à un prix honnête : 800 euros. Vu le matos, c'était même une bonne affaire. Si la vente fonctionnait, nos deux séjours étaient financés.

Quelques jours plus tard, Domitille et moi avions rendez-vous dans le 14e avec Sylvie72, une acheteuse quinqua à qui on a expliqué que notre mère débordée nous avait envoyées à sa place. Elle n'a pas relevé et s'est contentée d'inspecter les quatre sacs plastiques remplis d'argenterie. Et hop, 800 euros en cash dans la poche !

On a attendu que l'acheteuse soit partie pour se sauter dans les bras. On était des génies du crime, nous les trafiquantes d'argenterie. On exultait ! La semaine de roller au club UCPA de Porto était désormais nôtre ! Bon, j'aurais préféré y aller pour étudier les volcans portugais, mais ceux-ci se trouvaient sur les îles des Açores, bien loin de la clinique dont j'avais enfin réussi à dégoter le nom grâce au journal de bord de Mam. La pratique du roller n'intégrait pas la liste de mes rêves les plus fous, surtout quand l'UCPA proposait aussi du surf, de la planche à voile, du rafting… mais ces séjours s'avéraient beaucoup plus chers. Domitille, elle, s'en foutait pas mal. Tout ce qui pouvait l'éloigner de sa famille, et surtout du chapelet de petits frères à gérer, avait un goût de Bahamas. Maintenant que les fonds étaient récoltés, nous allions activer l'étape deux de notre plan : convaincre les parents.

Le soir même, j'ai demandé à ma mère si elle accepterait de m'envoyer une semaine cet été faire du roller au Portugal. Je l'ai vue tiquer en entendant le nom du pays, puis se détendre, à mille lieues de soupçonner que je détenais son journal de grossesse.

Elle s'est marrée : « Toi, faire du roller, alors que petite, tu parvenais à peine à tenir sur ton tricycle jaune et rouge ? » Je ne me suis pas dégonflée et me suis surprise à me servir de l'argument pour lui répondre que justement, il fallait bien que je m'améliore en sport. Ensuite, j'ai expliqué que les parents de Domitille finançaient le gros du voyage. Elle a sûrement entrevu la semaine qu'elle pourrait passer sans moi : séduction en roue libre, appartement disponible aux ébats. Car elle a accepté, à condition que je fasse du baby-sitting pour le volet argent de poche.

Fébrile, j'ai ouvert le site pour consulter les dates proposées et en convenir avec elle.

— Je te le dis tout de suite, tu peux pas partir début juillet, on reçoit un Américain pendant deux semaines. Et j'ai besoin de toi pour le balader dans Paris, a-t-elle déclaré.

— Ici ? Dans la cabine téléphonique qui nous sert d'appart ? On va faire comment ?

— Je dormirai avec toi et il dormira au salon. L'affaire est super intéressante, je veux dire rentable.

— OK, mais pour l'accueil ? Tu parles l'anglais ?

— On se débrouillera. Ce qui compte, c'est que ça paye le loyer. Et le Ricain, on va lui préparer de super itinéraires touristiques pour qu'il soit tout le temps dehors.

— Mais il sait qu'il dort sur le canapé ?

— Écoute, si ça ne lui va pas, il n'aura qu'à rentrer bouffer des donuts au bord d'une route à quatre voies. Chez nous, t'ouvres la fenêtre, tu peux toucher la tour Eiffel. Merde, c'est pas rien !

28

Un papillon de joie

LE 5 JUILLET, Brian a posé son grand sac à dos sur le parquet du salon. Il ressemblait à un petit cochon rose et étudiait la biologie. Quand ma mère lui a montré son lit, il a fait une drôle de tête, puis avec un rire en cascade *so american*, il a lancé :

— *OK, I feel like in* Ratatouille *movie.*

— *I don't understand*, a répondu Mam.

— Petit ici, a-t-il poursuivi en montrant d'un geste le sol. Comment tu dis déjà ? Boîte à *shoes.*

— Boîte à chaussures, ai-je dit pour faire la maligne. Notre appartement est parfait pour une paire de Nike.

— Oui, enfin, c'est quand même le 7e arrondissement de Paris, a jeté ma mère sur un ton piqué.

Ce premier échange n'annonçait pas un début de vacances idyllique, et assez vite, je me suis mise à fuir notre *sweet home.* Je ne comprenais pas, je m'évertuais à déposer des prospectus touristiques alléchants sur la table basse, mais Brian ne visitait quasiment pas Paris. Il passait des heures sur notre canapé à balayer les réseaux sociaux sur son téléphone avec un air ravi.

Je me réfugiais chez Amédée. Je n'avais plus besoin de brandir la menace des virus informatiques. Il avait entendu la grosse voix de canard de Brian résonner dans la cage d'escalier, et savait que notre deux-pièces était passé sous drapeau US.

— Ma mère veut que je m'improvise guide touristique, lui ai-je dit un après-midi, alors qu'il m'avait servi de délicieuses chouquettes et un thé glacé.

— Ta mère a l'air de vouloir t'imposer beaucoup de choses, non ?

— Elle dit que ça rapporte et que si je montre Paris avec mon joli accent, Brian nous enverra plein de copains. Mais bon, c'est le problème de notre tandem. J'ai parfois l'impression de vivre en dictature. J'ai aucun recours. Et j'avoue, j'ai toujours peur qu'elle m'abandonne.

Je me confiais à Amédée de plus en plus et, étrangement, lui avait de moins en moins sa voix de vieillard. Comme s'il rajeunissait en ma présence. Il me disait qu'il ressentait cette peur aussi avec Christelle, sa fille de quarante-deux ans. Pour elle, il avait financé trois cursus différents – psycho, socio et droit –, mais elle travaillait au secrétariat d'une mutuelle et passait son temps à lui réclamer de l'argent et des services. Comme moi avec ma mère, il était pris en otage. S'il refusait ses demandes, elle risquait de couper le lien, et il ne voulait pas perdre son unique famille. Il vivait soumis à ce terrorisme affectif sans espoir de libération.

Je lui avais proposé de lui parler, d'essayer de tâter le terrain, mais il pensait que ce n'était pas une bonne idée. D'après lui, elle risquait d'être jalouse de notre relation. Alors je n'ai pas insisté.

Brian, invariablement content, poursuivait son séjour. Une brute d'enthousiasme, un colosse d'optimisme. Pourtant, ma mère lui servait le pire du pire de la gastronomie française : des boîtes de conserve qu'elle vidait dans de jolis plats pour faire illusion. Elle lui avait réservé une étagère du placard, où des produits sans aucun intérêt nutritif m'avaient fait dire au début que même en Ehpad, on ne parviendrait pas à les écouler. À ma grande surprise, Brian était ravi. « *French food is amazing.* » Le con. Il ne remarquait même pas la différence avec les plats que ma mère préparait pour nous deux. J'étais quand même gênée de jouer les Thénardier, mais je ne pensais plus qu'à mon voyage au Portugal.

« *Where is your father?* » m'a demandé un soir l'étudiant. Ma mère n'était pas encore rentrée et j'étais bien forcée de faire la conversation. « C'est compliqué, ai-je répondu, *in the fridge.* » Au regard perplexe de Brian, j'ai réalisé que ma réponse sonnait plus fait divers que PMA, alors j'ai pris le temps de lui expliquer. Et bien sûr, ce con a répliqué : « *Fantastic.* » Je ne voyais pas ce qu'il y avait de génial à ça, mais il a précisé : « *Big mystery on your DNA.* » Ouais, gros mystère sur mon ADN, et cela ne me faisait pas sourire.

Il a dit qu'il étudiait l'ADN et ce genre de chose, justement. Je n'ai pas tout pigé, mais j'ai eu l'impression que je pourrais être un cobaye pour l'une de ses futures expériences. Du coup, je l'ai laissé en plan. Sous prétexte de lui servir à manger, je me suis carapatée à la cuisine où j'ai réchauffé sa moussaka à 2,50 euros. J'ai été vicieuse au point de la lui servir directement dans la boîte. « Une coutume d'ici », ai-je lâché. Ça l'a séché mais pas empêché de tout dévorer. Pauvre gosse.

J'ai regagné ma chambre où j'ai commencé à réunir quelques affaires : des shorts, des tee-shirts, un maillot de bain. En même temps, je réfléchissais. Avant le départ, il fallait que je peaufine mon plan. Je n'allais pas débarquer à la clinique et exiger le nom de mon père, surtout que ni Domitille ni moi ne parlions le portugais.

J'ai ressorti le petit journal de Mam, planqué comme un trésor dans une enveloppe sous mon matelas, que je lisais et relisais dès que je disposais d'un moment de solitude.

Je me sens seule avec mon désir d'enfant. Je sais qu'il est possible de commander des paillettes de sperme et de se débrouiller à la maison avec une pipette de Doliprane. Je l'ai lu sur des forums. Mais j'ai besoin d'être accompagnée. D'avoir de la blouse blanche autour de moi, de ne pas être la seule à prendre soin des autres la journée puis de moi le soir pour essayer de faire ce bébé. J'ai décidé de trouver une clinique et de faire le voyage. Ce voyage vers l'amour… Mais j'ai peur d'être jugée. Sur un forum quelqu'un parle d'une clinique au Portugal qui fait pas passer de tests psychologiques. Moi, j'ai pas envie d'être analysée, c'est peut-être la solution.

J'ai lu rapidement les paragraphes sur les prises de température et les dates d'ovulation en me demandant si ce qui me gênait le plus relevait des coulisses gynéco ou du déballage d'amour auquel je n'étais pas habituée.

Je cherchai la page où le nom de la clinique figurait noir sur blanc. Bingo ! Mam l'avait écrit un peu plus loin : Fertility Life, à Porto. Autre coup de chance, elle existait toujours et avait un site Internet. Mon plan consistait à créer une adresse mail avec un nom courant au Portugal. Par exemple Da Silva, j'avais vérifié. Une personne sur dix le portait dans mon pays d'origine. Forcément un Da Silva avait déjà dû un jour prendre le flacon, fermer la porte de l'« *intimacy room* » de la clinique et mater un magazine porno. J'allais remplir une demande, me faire passer pour un donneur et obtenir un rendez-vous. Une fois sur place, le docteur déchanterait, mais trop tard. Demi-orpheline, chialante et chuintante, il me devrait bien une réponse.

Depuis l'adresse *dasilva4533@gmail.com*, j'ai envoyé un message traduit en portugais via un site très compétent (fou cette maîtrise de la langue en deux secondes cinquante).

Bonjour,

J'ai donné mon sperme il y a une dizaine d'années dans votre clinique. J'aimerais changer mon statut pour me faire connaître des enfants nés grâce à moi. Je serai au Portugal du 2 au 9 août. Puis-je venir vous rencontrer ? C'est très important pour moi. Cet anonymat me pèse énormément.

En pièce jointe, une lettre de mon psychologue.

Cordialement,

P. Da Silva

Et hop, j'ai joint la lettre qu'Amédée m'avait aidée à écrire le mois dernier. Un chercheur en anthropologie même à la retraite devait être bon en psychologie, m'étais-je dit. Je lui avais parlé d'un dernier devoir scolaire de l'année, où l'élève avait à se glisser dans la peau d'un adulte en choisissant une profession qui lui plaisait. Je lui avais dit avoir pris psychologue et nous avions donc rédigé un courrier où j'évoquais un certain patient, M. Da Silva, dont le sentiment de culpabilité devenait difficile à vivre et pourrait être aisément soulagé par la rencontre éventuelle de sa descendance, si celle-ci le désirait, etc.

Vingt-quatre heures après l'envoi de mon mail, Maria Costa du service communication de la clinique, apparemment effrayée par ma lettre dramatique de psy et la perspective d'un petit scandale sur les réseaux sociaux (#suicidedundonneur, #stopalanonymat), écrivait qu'exceptionnellement le médecin doyen du centre pourrait me recevoir. Il travaillait à la clinique depuis vingt ans.

Un papillon de joie battait des ailes sous ma poitrine.

29

Teddy

Sur le parking où arriverait bientôt le car qui devait nous déposer à Porto au bout de dix-huit heures de route, Domitille se rongeait les ongles. Le bébé allait bientôt naître et elle n'y avait pas pensé jusqu'ici : le baptême suivrait très vite. Un événement qui signifiait que l'argenterie serait de sortie. Sa mère allait découvrir les coffrets verts en cuir, totalement vides.

Quitterie lui en voulait déjà d'abandonner la famille pour un stage de roller et croyait difficilement que sa fille ait pu financer le séjour avec la vente de cendriers en pâte à sel. Domitille n'avait pas trouvé mieux comme explication. Moi, j'espérais que Mam ne penserait pas à remercier les Patemollière pour la gentille invitation… elle croyait toujours qu'ils avaient réglé les frais de mon stage.

À la gare routière de la porte Maillot, nappée de sa légère brume parfumée, sortant de sa Clio rouge, elle était la plus apprêtée des mères. La reine du parking. Dès qu'elle avait une opportunité de croiser des hommes de son âge, qui plus est d'un milieu social se situant dans sa ligne de mire – et elle connaissait bien le taux de divorces chez les parents d'adolescents – elle se préparait comme pour un mariage. Une pratique à la fois gênante et touchante.

Elle jetait déjà aux pères qui la regardaient de discrètes invitations. Aux plus réceptifs d'entre eux, elle a lancé : « Les enfants dans le car et, zou, fiesta pour les parents ! » Une manière de faire croire qu'elle avait une vie chargée et un programme excitant pour la soirée, alors que je savais qu'elle allait rentrer manger une glace dans notre T2, devant un replay des *Anges de l'amour*. Je la trouvais à la fois pathétique et courageuse.

Les autres parents ne jouaient pas cette comédie. C'était le week-end, ils portaient des tenues décontractées, des survêtements, leurs lunettes de vieux, et tout dans leur attitude annonçait qu'ils allaient gentiment rentrer se coucher, une fois que les phares du car auraient rétréci à l'horizon.

Quitterie, malgré son ventre bien arrondi, s'est accroupie pour vérifier les bagages de Domitille. Mam l'avait saluée et maintenant je craignais qu'elle évoque la situation pécuniaire, mais Mam a lancé à son mari :

— Vous y êtes, vous, Éric, dans ce groupe WhatsApp de parents d'élèves ? Il paraît qu'il est très instructif.

— Euh, non, a-t-il répondu, mais peut-être est-ce réservé aux mamans.

— Ah, a dit ma mère, je n'ai pas été invitée. Bon, il faudra qu'on se crée un groupe tous les deux alors !

J'étais au maximum de la gêne que je pouvais endurer, quand le chauffeur du car a signalé qu'on allait bientôt démarrer. Il fallait embarquer.

J'ai quitté Mam avec la sensation de lui enfoncer un couteau entre les omoplates. Je me sentais coupable de la laisser seule et mon cœur se fissurait. Chaque pas sur les marches du car lançait un processus de fission. Elle avait payé cher pour m'avoir – une fois elle m'avait même lâché qu'elle aurait pu ne dépenser que 12 euros pour un mojito et devenir mère en une soirée, mais qu'elle avait voulu faire ça proprement pour me donner un bon patrimoine génétique. J'allais tout détruire. Casser son château de cartes. Pinocchio trahissait Geppetto. Avec cette recherche désespérée de père, je nageais à contre-courant du féminisme revu et corrigé par Mam. J'étais ce petit animal qui ne savait pas accepter qu'une mère s'aventure seule dans la procréation assistée. Je me révélais aussi tradi que Quitterie à réclamer une maman et un papa.

Quand je lui ai dit au revoir par la fenêtre en écartant le rideau orange crasseux, je me suis promis de l'appeler tous les jours. Pour maintenir le lien et aussi surveiller ses activités de chasse à l'homme.

À côté de moi, Domitille pleurait doucement. Ses parents étaient partis très vite. Elle m'agaçait un peu avec ses larmes à particule. Ça pèse quoi dans une vie un service d'argenterie, quand tu as un arbre généalogique qui remonte jusqu'à 1630 et des cousinades où il faut mettre un badge avec ton prénom tellement tes ancêtres se sont reproduits ? Son arbre généalogique était un beau chêne noble, alors que le mien avait un air de yucca malade aux feuilles desséchées. J'ai quand même fait une légère translation des épaules pour qu'elle puisse appuyer sa tête.

Le chauffeur, sorte d'ambulancier sous Red Bull, conduisait comme s'il voulait en découdre. J'avais du mal à me concentrer sur le film Disney diffusé sur l'écran, l'angoisse me vrillait le ventre. Et si je n'obtenais aucune réponse ?

Le lendemain, le car nous a crachés sur un trottoir portugais, dans une chaleur moite et poussiéreuse. Les organisateurs, Romuald et Sandra – un rasta et une grosse rousse tatouée de dragons – nous ont installés dans une auberge de jeunesse un peu excentrée. Au rez-de-chaussée, il y avait des cartes du monde punaisées sur les murs et un canapé défoncé en velours brun, occupé par trois *backpackers* lisant leurs mails sur leur *laptop*.

Nous devions rester deux par deux, attendre qu'on nous attribue nos chambres et écouter quelques règles du séjour. Domitille et moi, on sentait enfin ce léger souffle de liberté faire enfler nos thorax. On avait des hirondelles dans le cœur.

Romuald et Sandra ont insisté sur le fait que comme on était mineurs, on ne pouvait absolument pas sortir seuls sans rien dire à personne. Je me suis demandé qui allait bien pouvoir m'accompagner à la banque de sperme.

Enfin, nous avons pu déposer nos sacs dans notre chambre et manger une « collation », à savoir un sandwich un peu mou. Il était 15 heures et nous devions, en fonction de nos stages réciproques, retrouver en bas notre animateur à 15 h 30.

Celui qui s'occupait du roller était super jeune, genre à peine plus âgé que nous. Il portait un jean baggy et un tee-shirt vintage ; ses cheveux étaient longs et bouclés. Après s'être présenté, Juan nous a invités à le suivre. La piste de roller n'était pas loin, on pouvait s'y rendre à pied. Derrière un centre commercial un peu moche, on la découvrait cernant un gymnase vieillot couleur années soixante-dix. En poussant une de ses portes orange, on accédait au local rollers. Juan disait avoir noté nos pointures mais il s'était planté sur pas mal d'entre elles. Assises sur des bancs en métal, Domitille et moi on lisait, mi-amusées mi-inquiètes, les consignes pour les débutants écrites en français sur une ardoise blanche fixée au mur à côté de l'étagère à patins.

Une fois sur la piste, chaussée de mes rollers, je tentai maladroitement d'avancer sans tomber mais je n'arrivais pas à me lancer en confiance. Mes jambes crispées ne voulaient pas laisser les roues les porter. Je posais un pied devant l'autre comme un cosmonaute emprunté. Rapidement, j'ai décidé que le roller n'était qu'un prétexte et que je ne me mettrais pas davantage en danger. Patins à la main, en chaussettes, j'ai rebroussé chemin vers le gymnase.

Près de l'entrée du local à rollers, un des garçons du groupe, adossé contre le mur, me fixait avec des airs d'agneau, ou comme un myope qui plisse les yeux pour lire les lettres chez l'ophtalmo. J'avais envie d'en parler à Domitille, mais elle était toujours sur la piste, multipliant les tours sur le goudron. Elle s'en sortait bien. Elle mettait toute sa rage d'aristo désargentée dans ses jetés de pied. Elle balançait les roulettes en avant avec hargne. Des mouvements payants. Je m'avouais un peu jalouse, tandis que son corps oscillait avec maîtrise et gagnait en vitesse. En tout cas, elle avait enfin oublié ses fourchettes en argent.

Je me suis arrêtée un moment sous les yeux du garçon. Il était plus petit que moi, brun, assez fin, avec un petit duvet au-dessus de la bouche. Heureusement, sa peau mate atténuait la laideur de cette moustache naissante. Ses yeux marron, très brillants, illuminaient tout.

« Salut, moi c'est Teddy, et toi ? »

30

Olympiades

LE PORTUGAL ET SES CENTAINES DE KILOMÈTRES de distance avec ma mère me procuraient une énergie neuve. Teddy s'était inscrit à l'activité VTT, donc, je ne le voyais pas la journée. Pas grave. Je devais me concentrer sur ma mission première : mon rendez-vous à la clinique.

Je ne voyais pas comment quitter incognito le centre UCPA. Je commençais à me dire avec désespoir que j'allais vraiment faire une semaine de roller, quand une ligne sur l'ardoise à l'accueil a arrêté mon regard : « Mercredi, excursion centre-ville, achat souvenirs. Huit places. » J'ai saisi un marqueur et nous ai inscrites immédiatement, Domitille et moi.

La vie en collectivité que je menais depuis deux jours m'apparaissait très exotique. Ayant peu de famille, je n'étais pas habituée à ces sorties en groupe et ces jeux de société le soir. Domitille, elle, nageait dans son élément. Elle m'avait déjà raconté ses week-ends de cousinade, regroupant plus d'une centaine de membres de sa famille avec tournois et olympiades.

Le troisième jour, Domitille m'a pris la main pour m'entraîner sur la piste de roller et m'a montré ses techniques. Sans la lâcher, j'ai réussi à glisser sur quelques mètres. J'étais presque euphorique. Espérant que ma quête de géniteur se déroulerait à l'identique.

Le soir, après le céleri rémoulade et le hachis parmentier du dîner, dans la salle commune de l'auberge, on s'est affronté au Kem's, ce jeu où par duos on doit faire deviner à son partenaire qu'on a quatre cartes pareilles. Et Domitille a manœuvré pour que je me retrouve en tandem avec Teddy. Un peu rouge, je cherchais avec lui un signe discret qui nous permettrait de communiquer. Je proposais des gestes genre main derrière l'oreille, je bégayais un peu et j'avais peur qu'il s'impatiente face à ma maladresse. Mais il se montrait gentil et attentionné.

Avec mon idée de se toucher le lobe d'oreille en guise de signe on a gagné quatre parties. Je commençais à me dire que le Portugal allait peut-être m'apporter plus qu'un géniteur.

Et l'excursion qui allait me permettre de m'échapper direction le labo de ma mère, c'était déjà demain…

31

Des plaies et du sel

JE N'ARRIVAIS PAS À DORMIR. Dans le lit jumeau en métal à côté du mien, Domitille souriait au pays des songes de façon émouvante. Loin de la marâtre Quitterie, de ses frères et sœurs et de ses corvées à la Cendrillon, elle vivait ses meilleures vacances. Moi, je n'arrêtais pas de penser à l'excursion du lendemain. Comment j'allais faire pour m'échapper du groupe sans que personne ne le remarque ? Au moment des achats de souvenirs, ce serait plus facile qu'au milieu d'une rue, surtout s'ils nous faisaient marcher comme les petits, en rang, deux par deux, main dans la main.

Je me demandais quel verdict m'attendait à la banque de sperme. Comme dans les films, il me faudrait peut-être trouver une opportunité pour aller discrètement et fébrilement fouiller des tiroirs de bureau. Le dossier de ma mère et donc de mon donneur, je m'apprêtais à le voler si le médecin refusait de me le donner. Mais je n'aurais pas Domitille pour faire le guet. J'allais me jeter seule dans la gueule du loup. Pour trouver le sommeil, j'essayais de penser à un film, peut-être un James Bond, où le héros, doit, en solo, subtiliser des documents très sensibles, genre microfilms.

Dans un drôle d'univers onirique où je devais me procurer le dossier de mon géniteur avant que les Russes ne s'en emparent, avec risque de guerre nucléaire à la clé, j'ai fini par m'endormir.

Le lendemain, pendant l'excursion, Romuald, l'animateur aux longues dreadlocks, s'est avéré très collant. Je ne savais pas s'il souffrait d'un trauma lié à un drame dans une colonie de vacances, mais il passait son temps à nous regrouper, nous recompter. Limite un TOC.

J'avais rendez-vous à 15 heures avec le médecin de la clinique et les aiguilles de ma montre Star Wars me déprimaient : à 14 heures, on n'était toujours pas passés par l'étape des achats de souvenirs, seule fenêtre pour moi.

À 14 h 34, Romuald nous a enfin poussés vers une horrible boutique de merdouilles chinoises. Il semblait rassuré quant à la docilité de notre petit groupe d'enfants. Il se détendait.

Domitille avait pour mission de me couvrir. Elle a questionné Romuald sur les timbres à utiliser pour envoyer une carte postale à sa tante en Nouvelle-Calédonie. Et j'ai filé.

J'avais acheté un petit plan de la ville, avec les lignes de bus. J'ai regardé rapidement l'itinéraire, il me faudrait je pense une bonne demi-heure pour rejoindre la clinique. Un bus et un peu de marche.

En attendant à l'abribus, pour me donner du courage et atténuer le sentiment de trahison qui me recouvrait soudainement, j'ai pris dans mon sac le journal de ma mère.

J'ai le ++. Je suis enceinte ! On est déjà deux, ça y est. Je le dirai à mes parents le plus tard possible. Là je veux être avec mon bébé. J'espère que l'amour passe bien dans le cordon. Déjà mes mains sont chaudes pour lui, font des cœurs autour de mon nombril. L'amour absolu. Bonjour toi ! Quelle rencontre ! Ces neuf mois vont être incroyables je le sais.

Le bus 58 s'est arrêté, jantes contre le trottoir. Avant de monter, j'ai lancé un regard à 360 autour de moi pour vérifier que Romuald n'était pas à mes trousses. Réflexe de fugitive, j'ai évité de m'asseoir près d'une fenêtre, j'ai plutôt choisi une petite vieille à qui je me suis collée, genre je suis sa petite-fille. Le bus sortait du centre-ville et je commençais à avoir peur. Peur de m'être trompée de ligne et peur inverse d'arriver au bon endroit. Et de me confronter à une dure réalité. Après quelques minutes, on est entré dans une zone d'immeubles modernes, et rapidement, on est arrivé à l'arrêt 23, à deux cents mètres de la clinique. Il y avait zéro café, zéro vie, juste des barres en verre remplies de bureaux, avec des noms de multinationales écrits tout en haut.

Une fois arrivée devant le grand bâtiment blanc, avec ses lettres argentées « Fertility Life » au-dessus d'une double porte vitrée, je me suis sentie vide. J'étais sur le lieu de ma production et j'avais l'impression qu'il me manquait un code-barres. Dans ces frigos se trouvaient peut-être encore une petite dizaine de demi-frères ou demi-sœurs potentiels, baignant dans de l'azote liquide à -196 degrés. Je m'étais renseignée : le sperme d'un donneur pouvait être conservé pendant vingt ans et utilisé pour engendrer huit enfants. Est-ce que j'étais le seul produit de ce donneur ? Le seul vivant dans le monde ?

À l'accueil, j'ai dit que mon nom était Da Silva et que j'avais rendez-vous (j'avais appris la phrase par cœur en portugais). Le standardiste, peu soucieux de mon accent étranger – habitué à ces Erasmus de la procréation sans doute – n'a rien demandé de plus. Il a regardé l'agenda et répliqué : « Ah oui, allez en salle d'attente. »

Dans le petit salon aux fauteuils couleur prune, trois couples attendaient, ainsi que deux femmes seules qui me faisaient penser à ma mère. Elles affichaient une indépendance marbrée d'inquiétude. J'ai été prise de l'envie bizarre de consoler tous ces adultes apeurés. Flottaient dans l'air ces nuages bien denses de l'angoisse. Certaines femmes rentreraient chez elles le ventre vide. Tous le savaient.

La porte s'est ouverte avec un « Monsieur Da Silva ? » dans un portugais parfait mais circonspect. J'ai confirmé avec assurance. L'assistante du doyen s'est parée d'une moue qui voulait dire : « OK, je m'en doutais. » Elle m'a indiqué de la suivre d'un geste fatigué.

En me voyant, le médecin doyen s'est énervé immédiatement et s'est tourné vers son assistante. Je n'ai presque rien compris à leur discussion animée en portugais, mais il devait lui dire quelque chose comme : « Mais enfin, Mathilda, vous êtes stupide ou quoi ? Vous voyez bien que cette adolescente n'est pas le donneur de sperme dépressif que je dois rassurer ! »

Je me suis concentrée pour lui lancer très rapidement les quelques phrases en portugais que j'avais apprises par cœur : « Pardon docteur, j'ai inventé ce donneur pour vous rencontrer. Je suis née d'une paillette de chez vous. » J'étais pas trop sûre pour « *pailleta* », mais je me suis vite aperçue qu'il avait compris.

Il a continué la conversation en anglais (ouf, ma LV1) :

— Et qu'est-ce qui t'amène ici ? Tu as une maladie génétique, c'est ça ?

— Non, je veux juste connaître mon père.

— C'est un géniteur et non un père, *young lady*. Si ta mère est venue ici, c'est pour l'anonymat justement. C'est son choix. Il n'y a rien à faire. Ce sont les règles.

Même avec son mauvais anglais de chauffeur de taxi, les phrases me cisaillaient. Une plaie. Du sel. Une plaie. Du sel… Et ce sel, ce fut celui de mes larmes. Le doyen avait dû voir des centaines de femmes, voire d'hommes, craquer dans ce bureau. Avec un air mi-dégoûté mi-gêné, il a poussé vers moi la boîte de mouchoirs posée à côté du cadre photo montrant sa femme et ses deux filles.

Puis, une main s'est posée sur mon épaule. Celle de Mathilda, qui me raccompagnait déjà à l'accueil. Elle a eu l'immense gentillesse de m'indiquer la fontaine à eau avant de repartir vers le laboratoire.

Un gobelet à la main, je ne savais plus quoi faire à part opter pour de l'eau tempérée. Les bureaux étaient inaccessibles et surtout, j'étais sous surveillance, j'avais été démasquée. Le standardiste jetait vers moi des regards comme de pauvres avions en papier. Gorgés de pitié, ils atterrissaient à mes pieds.

Vu le prix que ma mère avait déboursé ici, il y a treize ans, j'avais bien le droit de vider cette foutue fontaine. J'en étais à mon quatrième gobelet d'eau, une noyade pour ne pas de nouveau éclater en sanglots.

Je m'en voulais de ne pas trouver le courage de franchir les portes des bureaux pour fouiller dans les dossiers. Ou dans un genre plus proche du film d'horreur que de la série noire, de ne pas oser hurler telle une possédée jusqu'à ce que ce médecin cède et me livre le nom du donneur. Je suis repassée par la double porte vitrée, dég de la vie, et j'ai retrouvé la chaleur de Porto et la réalité de ma fugue.

Une vingtaine de minutes plus tard, grâce à un SMS de Domitille, j'ai rejoint le groupe dans un magasin de bonbons. Romuald affichait des airs de chouf à l'affût des flics. Domitille m'a soufflé qu'il avait remarqué ma disparition mais prévenu personne, certainement de peur de perdre son poste. (Il faudrait qu'on enquête, il avait certainement un passif.) J'ai expliqué à l'animateur une affaire de pipi pressant et de perte d'orientation, il s'est montré si content de me revoir qu'il n'a même pas écouté. Il est resté collé à moi jusqu'à la fin de la journée.

Le soir, dans notre chambre, je voyais bien que ma copine s'échinait à trouver des mots de réconfort. Elle sortait en vrac le fait que ma mère était belle, que j'étais bonne élève et que j'étais fille unique donc que j'avais quand même de la chance. Même sans père. Une tentative touchante qui n'atteignait pas son but, je m'enfonçais dans la tristesse.

32

Teddy (suite)

J'ai passé le reste du séjour assise sur un banc à regarder Domitille enchaîner les slaloms. Romuald venait parfois gentiment se poser à côté de moi, comme un oiseau délicat sur une branche, une de ses dreadlocks voletant jusqu'à mon épaule. Il pensait que ma mère me manquait. C'était mon père.

Maigre consolation, Teddy s'est assis juste devant moi dans le car du retour. Je ne l'avais pas repéré à l'aller. Là, mes yeux ne quittaient plus son profil que je percevais depuis mon siège. À un moment, il s'est retourné.

— Hé, alors, t'as réussi à faire la rampe en rollers ?

— Oui, plusieurs fois, ai-je menti. Et toi, le VTT ?

— Bof, on était que des garçons. Au fait, tu as un petit copain ?

— Euh, non, j'ai des propositions, enfin... je veux dire...

— Cool !

Il a souri et replongé son regard dans le carreau de la fenêtre. Domitille m'a donné un coup de coude en pouffant. J'ai plissé fort les yeux comme pour envoyer une décharge électrique et qu'il se retourne encore, mais il ne bougeait plus. Il avait l'air de dormir.

Deux heures plus tard, le chauffeur s'est arrêté sur une aire d'autoroute glauque à souhait. Au micro, Sandra nous a incités à descendre : « Allez, tout le monde pipi, après il n'y a plus d'arrêt jusqu'à Paris. »

Teddy s'est levé mollement et a pris les escaliers du milieu. Je l'ai suivi. Une nouvelle audace naissait en moi, sans doute à cause du contexte. Une mère à des centaines de kilomètres, un père total inconnu au bataillon : je n'avais de comptes à rendre à personne. J'ai rejoint Teddy qui stagnait dans la queue des toilettes.

« Tu connais le parkour ? ai-je dit. J'en fais. Tu veux voir ? »

J'avais repéré un parapet où produire quelques sauts. Il s'est approché. « Waouh, trop forte ! Tu gères ! » J'étais super fière. Je me suis lancée dans un dernier saut qui m'a fait presque tomber. Il m'a rattrapée et collé un bisou sur la joue. Enfin très proche des lèvres quand même. « Je t'aime bien, toi ! » a-t-il dit.

Sur le parking de la porte Maillot, avant que les parents ne donnent l'assaut, il m'a demandé mon numéro. « On se revoit, hein ? » La poitrine déployée de joie, je me suis dirigée vers ma mère, valise à roulettes à la main.

De retour à la maison, je me suis sentie déboussolée en entrant dans ma chambre. Mam avait enlevé mes posters de science pour y accrocher des photos de Brigitte Bardot (jeune), et de forts relents ambrés flottaient dans la pièce. J'ai vite compris qu'elle avait fait de ma piaule la sienne. Sûrement pour harponner des mecs friqués en mon absence.

Elle est passée aux aveux avant que je lui demande quoi que ce soit. « Tu sais, un homme, ça le refroidit si tu lui dis tout de suite que tu as un enfant. Mais bien sûr, tu aurais retrouvé ta place. » Dans le placard à balais, ce que j'ai retrouvé, c'étaient mon cartable et mes livres. Je n'ai même pas pris la peine de rétorquer que, en général, c'est le contraire : les mères célibataires ne parlent pas de leurs conquêtes à leurs enfants, et c'est au compagnon de trouver ensuite sa place quand ça devient sérieux. Et non à l'enfant d'apparaître dans le couple au moment soi-disant opportun. Ma mère montrait un vrai dysfonctionnement.

J'ai recollé mes posters *Science & Vie Junior* à la Patafix, puis je suis partie voir Amédée pour me consoler de cette nouvelle déconvenue.

« Et alors, tu as trouvé la trace de ton géniteur au Portugal ? » m'a-t-il demandé, à peine le plateau déposé sur la table.

Cette fois, mon voisin m'invitait à déguster un grand macaron au chocolat.

— Comment vous savez ? ai-je dit, interloquée.

— Faut effacer ton historique de recherches, ma petite ! Tu sais, je m'y connais en informatique. J'ai été le premier de mon département d'anthropologie à utiliser un ordinateur.

— Mais vous m'avez pipeautée alors ?

— Ben oui, je suis désolé, Kali, je ne savais pas comment faire pour trouver un peu de compagnie.

Souffrant de solitude depuis son départ de l'université Descartes, dix ans plus tôt, Amédée s'était créé ce personnage de vieux un peu sénile qui croit aux mails frauduleux. Touché que je m'occupe aussi bien de lui, il reprenait son personnage à chaque fois. Mais il avait compris que j'utilisais cette histoire de cookies pour profiter de son ordinateur. On avait chacun baladé l'autre.

Nos confessions ont été interrompues par le son d'un SMS : c'était Teddy !!!

Salut Kali, ça me feré plaisir de te revoir ! Samedi soir ?

À ce message concis, j'ai répondu « OK », mais dans le texto envoyé à Domitille, j'ai lâché les chevaux.

Trop ultra giga méga contente ! Teddy veut me revoir ! Ce samedi soir !

Puis j'ai rangé mon téléphone et me suis ressaisie. Amédée souriait.

— Une bonne nouvelle ?

— Oui. Enfin, je crois.

— Bon, et maintenant qu'on s'est avoué nos petites escroqueries, parle-moi de toi. Tu veux faire quoi plus tard ?

— Volcanologue. Je ne sais pas pourquoi, je n'ai jamais vu un volcan en vrai. Mais une vidéo qui montrait une éruption m'a complètement fascinée.

— Ah, tiens, j'ai un livre qui devrait te plaire. Tu connais le couple Kraft ? Des Suisses passionnés qui ont filmé les volcans jusqu'à leur mort. Ils étaient comme envoûtés. Tu peux le lire ici si ça t'arrange, ou l'emporter, comme tu veux. De mon côté, j'ai un truc à finir. Des papiers pour ma mutuelle santé.

J'ai passé le reste de l'après-midi dans son canapé à découvrir l'épopée des Kraft. Ils avaient photographié et filmé des centaines de cratères et volcans, leur énergie sublime et primaire. Des paysages de désolation aussi, qui me faisaient penser à certains de mes états intérieurs. Je me disais que les volcans m'attiraient car, par définition, ce sont les structures géologiques les plus enracinées du monde. Ils plongent jusqu'au cœur de la Terre et recrachent leur sève d'origine comme une colère. Face à eux, j'avais l'impression d'être un nuage, sans attache ni consistance.

Le téléphone d'Amédée a fait retentir quelques notes du *Lac des cygnes.* Sa fille Christelle appelait, peut-être pour un service. Je me suis sentie de trop et j'ai préféré rentrer.

33

Sois sexy

J'ATTEIGNAIS UN POINT ENVIABLE sur la carte du Tendre des adolescents : après quelques SMS échangés, Teddy m'avait conviée au McDo. Selon Domitille, une invitation au KFC aurait été le signe encore plus fort d'un désir d'engagement, mais déjà s'attabler ensemble signifiait la mise en place d'une relation. Elle se montrait toujours très exaltée, dès qu'elle entendait parler de parades amoureuses, comme si des panneaux lumineux « couple, mariage, carte famille nombreuse » s'allumaient dans son cerveau. Elle s'avérait même d'un romantisme niais et dangereux, et bien sûr, elle s'était fait bananer des tas de fois. Alors même qu'elle était tout à fait lucide sur la qualité du mariage de ses parents et qu'elle déclarait ne pas vouloir d'enfants, sa naïveté perfusée aux contes de fées revenait toujours en boomerang.

Donc j'écoutais assez distraitement, comme avec le prof de technologie, ses recommandations. Elle me disait de questionner Teddy sur ses valeurs dans la vie, sa foi, sa vision du couple, etc.

À la maison, je devais endurer aussi les conseils de ma mère : « Sois sexy, offensive, hors de question de payer l'addition, prends le Royal Deluxe ou le Signature, ça fait chic, et un dessert, faut le faire casquer et le tester. » Ou ses remarques : « Teddy ? S'il est pas américain, c'est mauvais signe. Ça sonne classe moyenne ça, chérie ! »

Le jour J, à 20 h 05 (microretard recommandé à la fois par ma mère et Domitille), je faisais donc une entrée, que j'espérais un peu remarquable, au McDo de Châtelet.

Teddy avait déjà commandé et avalait des frites, tête baissée. J'attendais un jeune homme au regard impatient et inquiet, je trouvais un bœuf à sa mangeoire.

« Cool, que tu sois venue, a-t-il lâché. Désolé, j'avais la dalle. Tu veux un truc ? » Il m'a tendu une frite quasi blanche qui paraissait déjà froide. Touchée par ce début d'intimité, j'ai osé m'affirmer : « Oui, je veux bien que tu me commandes un menu Deluxe, des Onion Rings avec un McFlurry Snickers en dessert et un grand Coca normal. » Je mettais un point d'honneur à ne pas prendre du light ou du zéro pour m'afficher en fille cool à l'aise avec son corps.

Quelques minutes plus tard, Teddy est revenu en tenant haut le plateau rouge, style Roi mage portant sa précieuse offrande. Je me suis ruée sur le burger, l'ai dévoré sans m'arrêter ; cela a offert à Teddy un temps de parole assez long.

Il s'est confié avec beaucoup de détails sur sa mère qui ne s'occupait pas assez de « … ». Je n'entendais pas tout, la mastication des oignons frits très croustillants générait un bruit assez parasitant. Mais j'ai compris que lui aussi était un enfant unique. Certains jours, il aimait ce statut. La plupart du temps, non. Il trouvait pesant d'être le seul enfant au milieu d'adultes. Je hochais la tête tout en raclant avec une frite la petite barquette de sauce barbecue.

J'avais retenu l'essentiel : il vivait avec ses parents commerçants dans le 10e arrondissement, près d'une bouche de métro où il pouvait prendre la ligne 4, pratique pour venir à Châtelet. Et j'ai pu réaliser qu'il était un champion du monologue. Il ne s'arrêtait plus…

À un moment, il s'est quand même interrompu et a posé sa main sur la mienne. Sa paume était encore un peu huilée et devait sentir la friture, mais l'émotion compensait. Et surtout, il avait toujours ses yeux bien brillants d'écureuil. Des petits diamants bruts qui luisaient pour moi.

« Merci pour ton écoute, a-t-il dit. Vraiment, c'est cool. » J'ai failli lui répondre qu'il avait bien investi avec le menu Deluxe qui m'avait occupée de longues minutes. « Double Big Écoute », avait-il reçu en échange.

Il m'a posé quelques questions sur ma mère, mes amies, et moi, gentille, j'ai répondu et fini par l'interroger à mon tour sur ses profs, ses matières préférées, son jeu vidéo favori… Ce n'était pas désagréable, mais je restais seulement parce que je lui plaisais. Cela flattait mon ego. Je ne me demandais pas si je le désirais. Son désir me suffisait ; je percevais cette sorte de soumission horrifiante cent pour cent fille en présence d'un garçon, et retrouvais en moi ce comportement reptilien, primitif, que je méprisais chez ma mère. Mais rien à faire. Je ne décollais pas de la banquette beige, qui d'ailleurs adhérait un peu à mes cuisses sous l'effet de la transpiration. Franchement, avec un peu d'honnêteté, j'aurais pu m'avouer que passer la soirée avec un bouquin aurait été tout aussi agréable. Voire plus passionnant.

Teddy s'est penché vers moi et m'a embrassé délicatement l'oreille, avant de souffler : « On se revoit bientôt, hein ? » Doté d'un certain tact, il avait relevé que j'étais arrivée au bout de mon McFlurry, dont il ne restait qu'un vague reliquat de glace fondue dans le pot. Le repas gastronomique touchait à sa fin. J'ai constaté qu'il avait un peu abusé du déodorant de supermarché, odeur after-shave, mais cette outrance m'a touchée. Et surtout, il avait embrassé mon oreille sans essayer de me toucher les seins, les fesses ou les cuisses. Ce qui pour moi signifiait : respect.

Il allait peut-être falloir que je sonde mes souvenirs d'enfance de Mam avec ses mecs pour comprendre pourquoi mes standards commençaient aussi bas. Ne pas toucher les seins d'une fille au milieu d'un McDo et sans son accord, c'était juste normal. Or, j'étais comme la Corée du Nord avec la liberté de la presse : je me contentais de bien peu. Ou pour le dire autrement, j'étais comme cette centenaire équatorienne que j'avais vue dans un reportage. Elle se félicitait d'être toujours avec son mari épousé à dix-neuf ans. Le secret de cette longévité conjugale ? « Il me tape pas. » Waouh ! Bravo !

Nous sommes sortis du McDo, un sourire niais sur les lèvres, et j'ai promis à Teddy de le revoir bientôt.

J'ai attendu qu'il soit hors de portée pour appeler Domitille et lui faire vivre ma soirée.

34

Répudiation

Un dimanche ensoleillé, sur une impulsion, j'ai jeté à Mam : « On n'irait pas à la campagne chez Papy et Mamie ? Je suis sûre que la piscine est montée. » Elle s'est raidie comme un mauvais cheval devant l'obstacle.

— Ça vaut pas le coup, le temps va se couvrir.

— Non, j'ai vérifié. Grand soleil toute la journée.

— Écoute, je sais pas, j'ai peur que la Clio nous lâche. Elle faisait un drôle de bruit hier.

— Pas grave, on peut y aller en train. Et je suis sûre que Papy viendra nous chercher à la gare.

— Si tu veux, tu mets ton maillot et on va bronzer sur une pelouse du Champ-de-Mars.

— Mais pourquoi pas à la campagne ?

Après une grande inspiration, style yoga Vinyasa, elle a lâché :

— Kali, pour moi, la ferme, c'est le moins possible. Tu vois bien que je m'y sens mal à chaque fois. Et Renée m'en veut sûrement de ne pas avoir été au bal avec Frédéric, le type de l'autre jour, son crush à elle.

— Ah, oui, le moustachu. N'empêche, la ferme, ce n'est pas le goulag. Qu'est-ce qu'il s'est passé là-bas ? Quelqu'un t'a fait du mal ? Tu peux me le dire, maintenant on dit ce genre de chose, tu sais.

— Non, je n'ai pas été violée dans une grange.

— Mais quoi alors ?

— On va pas gâcher notre dimanche à parler du passé. Tu mets ton maillot ?

— Non, je voudrais que tu m'expliques vraiment le problème avec tes parents.

La digue que dressait ma mère entre son présent et sa jeunesse était sur le point de céder. Je le sentais. Je devais saisir cet instant.

— Mam, allez, dis-moi.

— Il n'y a rien à ajouter. Ta grand-mère m'a dit qu'elle t'avait tout raconté. Cette histoire de me choisir un mari alors que je n'avais pas dix-neuf ans, ça n'est jamais passé.

— C'était si terrible, ce mariage ?

— Je l'avais vu trois fois, ce mec. J'étais pas amoureuse. Après la cérémonie, on s'est installés dans une petite maison prêtée par la famille de Jean. Lui, il travaillait à la ferme avec son père. Quand je me levais, il était déjà parti aux champs et ne rentrait qu'en début de soirée. Il s'asseyait à la table de la cuisine, genre restaurant *j'attends mon plat.* Il me parlait même pas.

— Et toi, tu faisais quoi de tes journées ?

— J'écoutais de la musique, beaucoup Blondie, je dansais. J'étais très nulle en cuisine. Tous les soirs, j'avais honte de ce que je posais sur la table. Surtout, je m'ennuyais comme un rat mort.

— C'était grave de pas bien cuisiner ?

— Oui. Jean a fini par aller dîner chez ses parents et je restais seule à la maison. Mais le pire, c'est que je n'arrivais pas à tomber enceinte. Alors au bout d'un an de mariage, Jean et sa famille ont décidé de me répudier.

— Hein ? Comme en Afghanistan ?

— Oui à peu près.

Ma grand-mère s'était bien gardée de me dire cette vérité. J'étais choquée, tandis que ma mère, d'une voix froide et lointaine, continuait de raconter :

— Jean s'est arrangé avec le prêtre pour qu'il accepte de faire annuler notre union. Et il a épousé une autre femme quelques mois après, en conservant les champs que mes parents avaient donnés pour ma dot.

— Mais c'est dégueulasse !

— Tout le village a jasé. J'avais déshonoré mes parents. Un an après ce second mariage, l'église s'animait pour le baptême du premier-né de mon ex-mari. Le fils que sa nouvelle femme avait réussi à lui donner.

Elle s'est arrêtée de parler et m'a regardée tristement.

— Au fond, a-t-elle repris, Renée m'en veut plus que je ne lui en veux.

— Tu n'as rien fait de mal.

— Ils voient les choses autrement. À cause de moi, leurs terres sont perdues. Sorties du patrimoine. Et leur honneur avec.

Je me suis rendu compte que Mam avait éprouvé, à cause de tout ça, le besoin de se déraciner alors que chez moi, c'était le contraire. Je cherchais comme je pouvais à m'ancrer quelque part, à retrouver les racines d'une partie de mon arbre généalogique.

Comme si le soleil avait été remplacé par le froid et la houle, j'ai ressenti une tristesse sans fond. Elle m'emportait et me glaçait les os.

35

Vierge en silicone

ENCORE SOUS LE COUP DE L'ÉMOTION, j'ai décrit la blessure de jeunesse de ma mère à Domitille. Elle a tiqué sur le comportement du curé. La bouche pleine de pain d'épice – celui de notre goûter hebdomadaire –, elle s'est offusquée : « Je peux pas croire que le curé ait été complice d'une telle machination. Ça me fout le moral à zéro. »

Elle a gardé le silence quelques secondes, l'air soucieux.

— Faut que je vous réconcilie avec l'Église, a-t-elle fini par lâcher. Viens au catéchisme avec moi.

— T'es folle. Je suis tout juste baptisée. Et toi, dans ce domaine, t'es ceinture noire, ai-je dit en riant.

— Je vais bientôt faire ma confirmation, mais justement le père Trudeau nous incite à sauver une âme. Et l'histoire de ta mère m'a bouleversée. Tu sais, la religion catholique adore une femme qui a un peu le même parcours.

— Alors là, ça m'étonnerait !

— Si, si, la fécondation magique par géniteur divin, cela ne te dit rien ?

Je n'étais pas sûre de comprendre où elle voulait en venir, alors j'ai froncé les sourcils sans rien dire.

— La Vierge ! a lancé Domitille en pointant du doigt le plafond.

— Ce qui fait de moi Jésus, ai-je dit en mimant la Crucifixion.

— Haha non mais il y a aussi dans la Bible le personnage de Marie-Madeleine, cette prostituée sauvée par le Christ. Mais, euh, attends, je ne veux pas insinuer que ta mère…

— Non, évidemment. Rien à voir…

On a pouffé de rire. C'était même un fou rire, on n'arrivait plus à s'arrêter.

— Tu penses être prête pour ta confirmation ? ai-je demandé pour en rajouter une couche. À mon avis, tes comparaisons ne seraient pas validées par le Vatican.

— Allez, c'était juste pour te faire marrer, va pas répéter ça à ma mère !

Nous nous sommes calmées et Domitille a dit : « N'empêche, ta mère a dû souffrir dans ce mariage, Kali. Peut-être que tu la juges un peu durement, tu ne crois pas ? »

Je savais qu'ils étaient assez bons en pardon, les chrétiens, et je me disais que je pourrais progresser dans ma relation à Mam. Pardonner Porto et son choix de me priver de père. Et puis, Domitille avait peut-être raison, se rapprocher des valeurs chrétiennes ne ferait pas de mal à ma mère. Accepterait-elle d'aller avec moi à la messe dimanche ? J'ai décidé que je tâterais le terrain dès son retour du travail.

Depuis l'annulation de son mariage, elle s'était débrouillée pour ne jamais retourner dans une église, se tournant vers la superstition. Elle l'aurait nié, mais je l'avais souvent surprise en train de souffler sur les pissenlits, effeuiller les pâquerettes, tourner le pédoncule des pommes… Parfois, elle reprenait des trucs de grand-mère, comme celui destiné à faire venir l'être aimé. Mam mettait alors de la cannelle dans ses chaussettes. Elle avait du silicone dans les seins et de la cannelle dans les pieds : lequel de ces deux artifices avait le plus de chance de fonctionner ?

Le soir, ma mère a répondu à sa manière à la question. Elle nous préparait des pâtes au basilic, lorsque j'ai abordé le sujet. Tel un chat ébouillanté, elle a lâché son couteau pour se tourner vers moi, l'air tourneboulé.

— Aller à la messe ?! Tu as fumé quelque chose ou quoi ?

— Domitille pense que ce serait bon pour nous.

— De quoi je me mêle ?

— Oh, c'était gentil de sa part, elle t'a même comparée à la Vierge.

— Très drôle, je suis morte de rire… Qui vous a donné de la marijuana ?

Elle s'est approchée de mon visage et, surprise, je me suis reculée.

— Laisse-moi sentir ton haleine, Kali !

— On a rien pris, Mam, je te jure.

— En tout cas, tu ne sens pas le shit. Il faut faire attention, même à Montesquieu. Personne ne vous a proposé des produits illicites, j'espère ?

— Non. Au contraire, Domitille m'a proposé… de venir au catéchisme avec elle.

— Il y a beaucoup d'enfants de ton collège qui vont au catéchisme ? a-t-elle rebondi, cette fois avec des étincelles dans les yeux.

— La plupart, je crois.

— OK, alors ce serait une bonne stratégie que tu y ailles, tu sais, pour rentabiliser les cours de danse de Gonzague. Tu dois parvenir à te faire inviter à un rallye, je te rappelle. Et au minimum, il doit y avoir un truc genre rallye de la paroisse où tu pourrais aller te trémousser.

Elle ne perdait jamais le nord, mais bon, j'avais réussi ma mission : j'avais le feu vert pour m'essayer au catéchisme.

Jessica, ma partenaire de parkour, s'est montrée disons assez dubitative (même si elle n'aurait pas pu utiliser ce mot) quand je lui ai expliqué que j'allais suivre des cours de catéchisme. « Toi, au caté ?! » a-t-elle dit. Elle riait tellement que sa gorgée de Coca est ressortie par ses narines.

C'était la première fois que je retournais au parkour depuis mon voyage au Portugal. J'avais pris l'initiative de me confier parce que je cherchais une compagnie un peu plus subversive que celle de Domitille. Notamment pour parler de Teddy. Quelqu'un de plus ancré dans le monde contemporain, et j'aimais bien être à cette occasion la « tradi » du duo.

« Sérieux, meuf, redescends. Tu vas en parler à Teddy du caté bla-bla, de Dieu, tout ça ? » a poursuivi Jessica, la canette de Coca à la main.

Nous faisions une pause avant de reprendre nos sauts.

— Non, ai-je répondu, mais je suis curieuse. Tu sais moi, dans le 7e, je suis un peu ethnologue.

— Ethno quoi ? Vas-y, arrête avec tes mots d'intello. Bon et sinon, il embrasse bien Teddy ?

— Je peux pas encore te dire, disons qu'on prend notre temps.

— Donne ton tél, je vais lui écrire un SMS.

— Arrête, t'es folle !

— Meuf, c'est fini le temps où t'attends gentiment que le mec fasse le premier pas. Vas-y donne !

À contrecœur, je lui ai tendu mon téléphone vieillot.

— Ah ouais, t'as carrément un téléphone de dealer. Intraçable.

— Plutôt celui d'une fille dont la mère dépense tout en soins esthétiques.

— Bon, laisse-moi faire, les mecs je sais leur parler.

Scrutant l'écran au-dessus de son épaule, je regardais avec horreur le long message qu'elle était en train de pondre. Le pire, c'était la forme, l'absence totale de grammaire et d'orthographe. Ça ne me ressemblait pas du tout.

Salu Teddy, tu me mank, tu veu venir me voir mintenan au parkour, a Chatelé. Tu va voir, je sui tro forte!

J'ai réussi à reprendre le téléphone pour au moins faire une petite retouche orthographique. Une fois le message envoyé, je me sentais un peu idiote. Je m'étais beaucoup trop avancée sur l'échiquier amoureux.

Cinq minutes plus tard, mon téléphone a bipé : « j'arriv », avait écrit Teddy. « Tu vois, ma sœur, ça marche mes SMS ! s'est enthousiasmée Jessica. Allez, entraîne-toi, il faut qu'il te voie à ton top. »

J'étais en train de sauter entre un banc et un parapet quand Teddy est arrivé. Un peu rouge après l'effort, je me suis tournée vers lui et l'inflammation de mes joues a redoublé. « C'est sympa de m'avoir écrit, a-t-il dit tout sourire, en plus j'étais dans le coin. C'est cool de te voir. Dis donc, tu gères dans ton truc, là, de Yamakasi. »

Il était super mignon, mais le prof de parkour s'est pointé. Il voulait nous montrer de nouveaux sauts.

— Désolée Teddy, je dois y aller, ai-je lâché.

— On se fait un KFC samedi ?

— Euh… OK. Enfin oui, carrément.

Il s'est éloigné et Jessica, ma nouvelle coach sentimentale comme elle venait de s'autoproclamer, a affirmé : « Prochaine étape, il t'invite chez lui quand ses parents sont pas là et vous commandez une pizza Domino. Je sais pas si tu te rends compte, c'est du sérieux là ! »

Trois jours plus tard, avant d'entrer au KFC, j'ai sollicité Jessica – je n'avais pas raconté à Domitille que Teddy m'avait invitée au royaume du poulet.

« Je flippe » ai-je écrit. « Fonce ! » a-t-elle répondu. Et cela m'a donné de l'énergie. J'ai franchi la porte dans mon sweat Adidas et mes baskets rouges que je trouvais super cool.

Je l'ai repéré très vite. Il n'y avait pas trop de monde pour un samedi. Faut dire qu'il n'était que 17 heures. Comme la fois précédente, il ne m'avait pas attendue pour manger et malgré le chewing-gum qu'il mâchait intensivement, il avait une haleine de graillon. Ses yeux, toujours aussi brillants, compensaient. Alors, après la troisième cuisse de volaille ingérée, je l'ai laissé m'embrasser. Maladroitement, j'ai tourné ma langue autour de la sienne un peu râpeuse. J'avais peur de laisser échapper un filet de bave, mais la sensation me plaisait. J'avais l'impression que des petits doigts d'enfant tambourinaient sur mon ventre.

À bout de souffle, on s'est détachés l'un de l'autre. On avait plutôt de la chance, aucun de nous ne portait d'appareil dentaire – même si j'en avais cruellement besoin – et Teddy m'a souri avec tendresse. « C'était bien, a-t-il murmuré. On se revoit bientôt ? »

36

Vade retro SaTony

QUARANTE-HUIT HEURES après notre baiser, Teddy ne répondait plus à mes textos. J'avais tenté trois messages : un affirmatif, un interrogatif et même un impératif. Aucune formulation ne l'avait incité à répondre.

Au parkour, je me suis confiée à Jessica. « Donne-moi ton tel, je vais voir ce que je peux faire », a-t-elle aussitôt proposé. Elle a carrément essayé de le joindre en direct. Mortifiée, je lui faisais signe de raccrocher.

« Ça fait trois fois que j'appelle et il répond pas. C'est clair, il t'évite. Pas cool. T'inquiète, Kal (elle ne prononçait pas le *i* final de mon diminutif, elle trouvait que ça faisait plus stylé), tu retrouveras un autre mec. Allez, viens tenter des sauts. »

Moi, je n'y croyais pas. Teddy avait forcément un gros problème de santé ou un *accident de la vie* comme disent les assistantes sociales. Aussi fou que cela paraisse, je ne lui avais jamais demandé son nom de famille et il ne me l'avait pas donné de lui-même. Je ne pouvais donc pas appeler les hôpitaux et les commissariats avec son seul prénom.

Le soir à table, Mam a remarqué ma tristesse.

— Que se passe-t-il ? C'est Teddy ?

— Il a disparu. Il ne répond plus du tout.

— Quel chien ! C'est quoi cette génération qui ne sait pas plaquer proprement ! Moi, je me suis fait larguer des tas de fois, ma chérie, tu en es témoin, mais on me l'a toujours notifié. C'est la moindre des choses.

Pas sûr que cela me réconforte. J'espérais que ma rentrée au catéchisme serait plus efficace. Elle était prévue le mardi suivant dans la salle paroissiale de l'église que fréquentaient assidûment les Patemollière. Domitille m'avait promis de m'attendre sur le parvis.

Mardi 12 septembre, j'ai donc posé un pied timide en ces lieux sacrés, où mes yeux se sont fait happer par un portrait de la Vierge à l'Enfant. *C'est tout Mam et tout moi*, me suis-je dit, au souvenir du fou rire avec Domitille.

La salle de cours avec son tableau de liège et son grand néon blanc donnait plutôt le cafard. En plus elle faisait cheap, alors que je pensais que le Vatican était bien loti côté immobilier.

M. Giraudeau, le laïc consacré en charge des cours, ne s'est pas étonné de mon irruption. Domitille lui avait déjà parlé de moi. Il avait donné son accord à ma profane présence, mais il tenait quand même à ce que je me présente devant les autres. Alors que pour une fois, personne ne me demandait ce que faisaient mes parents, j'ai anticipé. D'une voix sans air, je me suis excusée de vivre seule avec ma mère et de ne pas connaître mon père. Dans la seconde, je suis devenue un objet de compassion pour tous. Une fille perdue à sauver. Était-ce moi qui pouvais jouer les Marie-Madeleine ? En fait, leur empathie teintée de curiosité pour l'aspect exotique que je représentais me plaisait. Moi qui avais toujours appris à faire l'attachée de presse de ma vie pour la rendre acceptable, je me suis drapée dans ce manteau de pauvre orpheline et j'ai exulté discrètement.

M. Giraudeau a entamé la lecture d'un passage de la Bible. C'était beau, ça parlait de l'origine du monde. Le mot « genèse » était très séduisant pour moi qui vivais une sorte de trouble dans la création. Qu'importe les banques de sperme, puisque Dieu a créé Adam et Ève bien longtemps avant, je me disais. Je pouvais me contenter d'être leur fille. Et hop, exit ma mère, qui pourtant avait dit qu'elle m'attendrait à la sortie.

Pour cette première, elle avait tenu à venir, désirant sans doute estimer mes chances de réussite. Les autres enfants étaient-ils du milieu convoité ? Y aurait-il des pères fortunés devant l'église ? Je n'étais pas emballée à l'idée qu'elle soit vue à la sortie des cours, et je l'avais briefée : « Des habits discrets, OK ? Et pas trop de make-up. » Elle avait promis d'être très « é-lé-gante ». Et l'insistance dont elle avait fait preuve en prononçant le mot m'avait presque terrifiée.

Recouverte d'un long manteau brun très ceinturé, en fourrure synthétique, elle me souriait comme si j'avais perdu dix ans dans cette église. Oui, vraiment comme on sourit à un bébé. Elle était arrivée en avance, ne m'accordant aucun répit, et portait d'impressionnantes boucles d'oreilles assorties au gloss prune à paillettes qu'elle s'était roulé sur la bouche. Détail qui avait son importance : le contour des lèvres avait été réalisé en prune plus foncé. J'étais mortifiée.

Domitille a chuchoté, rieuse : « Tu crois que c'est Dieu qui l'impressionne pour qu'elle fasse un show pareil ? »

Quitterie n'était pas là, mais il y avait d'autres parents et même des grands-parents sur le parvis. Des élèves les rejoignaient déjà. Certains me jetaient des regards avec une empathie mitigée cette fois. Après tout, ils n'étaient plus dans la maison du Seigneur et rien ne les obligeait à ressentir l'amour du prochain quand il était si éloigné d'eux. C'est sûr, Mam ne ressemblait à personne ! Sans un mot, je l'ai dépassée, espérant qu'elle m'emboîterait rapidement le pas.

— T'as honte, c'est ça ? a-t-elle lancé, furieuse.

— Chut, ne parle pas si fort.

— Enfin, je parle comme je veux. Regarde-les, les autres mères. Des petites vieilles qui font pas envie. Tu devrais ressentir tout le contraire de la honte.

— Je ne ressens rien, OK. Viens, on s'en va.

— Je suis désolée mais je ne serai jamais comme ça. Tu vas le découvrir en grandissant. Quand tu es une femme, il y a d'abord cette période de ta vie où les hommes veulent te déshabiller. Puis celle où ils veulent juste te dépouiller. Eh bien moi, je préfère rester du côté de la séduction.

— Super. Tu serais difficile à dépouiller, de toute façon, vu notre niveau de richesse.

— Ne te moque pas, je me trouve très belle dans ce manteau. Et si c'est mal, je m'en fous.

Elle se tenait bien droite dans sa fausse fourrure et j'ai ressenti une émotion contraire. « Ambivalence », c'est bien ça qu'on dit quand on éprouve deux émotions différentes en même temps ? J'étais agacée mais parcourue par une bouffée de tendresse. Je l'aimais encore plus lorsqu'elle s'affirmait.

Dans la Clio, j'ai mieux compris pourquoi Mam s'était habillée ainsi. Pas juste en vue de se venger de l'Église comme je le supposais. Elle avait un dîner. Quelqu'un qui travaillait dans le conseil. Un type bien, « l'opposé de Tony ! » a-t-elle souligné, et j'ai pensé que ce prénom serait pour toujours le *vade retro Satana* de Mam.

Elle l'utiliserait afin d'exorciser la malchance et de protéger du mal ses futures entreprises amoureuses.

Vade retro SaTony !

37

Soirée de charité

J'ai aperçu Teddy à Châtelet en sortant du parkour. Une joie de chien choisi à la SPA s'est emparée de moi, jusqu'à ce qu'une fille en jogging et crop top lui attrape la main et que les lèvres de Teddy lui dévorent la bouche.

De peur qu'il me voie, je me suis cachée derrière un panneau publicitaire, une tristesse de plomb coulant dans mon ventre. Cet échec amoureux venait forcément de moi. Ma rivale n'était même pas jolie, donc j'ai supposé qu'elle avait autre chose que je ne possédais pas. Un père aimant à la maison ? Ou juste un père ? Allez savoir si le fait de grandir sans amour paternel ne marquait pas la fille pour toujours, genre au fer rouge de la poisse amoureuse.

Revenue chez moi, je me suis jetée sur mon lit et n'ai plus remué un cil pendant de longues minutes. Au point de remarquer des petites fissures au plafond que je n'avais jamais vues. Puis comme pour combattre la prédestination au malheur, je me suis relevée pour allumer l'ordinateur.

« Stars sans père », « grandir sans papa », « fille sans père à l'adolescence »… Je tapais toutes sortes de mots sur cette thématique dans la barre de recherche Google. Je m'en fichais que ma mère me surprenne. Elle n'aurait qu'à assumer ce qu'elle m'avait fait.

Je lisais les résultats de la Toile. Steve Jobs, François Truffaut et Alain Baschung n'avaient pas non plus connu leur père. Bon, cette absence ne leur avait pas trop mal réussi. J'avais envie de trouver des modèles féminins plus épanouissants que Marylin Monroe. Même si Mam trouvait qu'elle avait réussi sa vie, conquis tous les hommes qu'elle convoitait, qu'elle s'était enrichie et offert le ticket gagnant de la postérité, moi, elle me faisait de la peine Norma Jeane. Pipeautée par sa mère déséquilibrée, abusée par les producteurs de cinéma et ces enflures de Kennedy… Un pilier masculin sur lequel s'appuyer depuis l'enfance ne lui aurait pas fait trop de tort, à mon avis ! Au moins avait-elle pu compter sur son talent et sa passion d'actrice. Je ne décelais rien chez moi qui puisse me faire sortir du lot, me permettre de briller tout en étant habitée par le désir de progresser. Le parkour, ça n'allait pas être suffisant. Peut-être que l'enseignement de la foi déboucherait sur une sorte de métamorphose…

En quête de réponses, je continuais d'aller toutes les semaines au catéchisme. (J'avais négocié avec Mam pour qu'elle ne vienne plus jamais m'attendre sur le parvis de l'église.) Je lisais davantage. M. Giraudeau me prêtait des livres, dont bien sûr la Bible. Cela l'avait étonné que je lui dise qu'à la maison, on n'en avait pas. Je m'appliquais, même si certains passages me semblaient obscurs. J'essayais de devenir poreuse pour que la religion m'habite. Hélas, mon esprit résistait. Changer l'obsession autour du secret du père pour les voies impénétrables du Seigneur n'advenait pas. Ou, comme on dit à la pêche, ça ne mordait pas. Mon cerveau passait entre les mailles et, tel un saumon, nageait vers les eaux de sa naissance, en l'occurrence le Douro que j'avais pu voir à Porto. Je n'arrivais pas à penser à Dieu, je demeurais obsédée par l'idée de connaître un jour le donneur portugais.

Du côté de l'amitié, les cours de caté auraient dû renforcer ma relation avec Domitille, mais je sentais que mon incursion dans son univers l'irritait par moments. Elle s'agaçait de mes questions sur la Sainte Trinité, la Résurrection, la confession… Elle me coupait à chaque fois : « Bon, t'as vu la dernière vidéo de Tibo InShape ? » Comme si elle souhaitait que je reste dans la case *copines mécréantes*, celles avec qui elle pouvait s'encanailler.

Elle m'avait d'ailleurs annoncé, à la fin d'un cours : « Je suis contente, bientôt je fais une soirée pyjama avec Clélia et Hortense à la maison. » Comme ça. Brutalement, en remettant son sac à dos sur ses épaules. Est-ce qu'elle me faisait payer mon rapprochement avec Jessica sur le dossier Teddy ? Cette mise à distance me vrillait le cœur.

Je m'étais confiée à Mam, l'air pas trop atteinte alors que mon exclusion de cette soirée pyjama me blessait à fond.

« On ne va pas se laisser faire ! » avait-elle répliqué d'un ton ferme.

J'étais en train de sécher sur un devoir de SVT. Mam me fixait, appuyée contre le chambranle de la porte de ma chambre. Elle réfléchissait.

« Ma chérie, a-t-elle poursuivi, tu ne vas pas te faire exclure comme ça de la vie sociale. On va faire une contre-soirée pyjama. Tu aimes qui dans ta classe ? Quand Domitille est malade, tu vas vers qui ? Et qui s'assoit à côté de toi à la cantine ? Donne-moi des noms. »

Cette ribambelle de questions m'a donné le tournis. Et là aussi, je séchais. Des noms ? Je n'étais pas assez proche de Jessica pour l'inviter. En plus, je devais trouver des camarades d'excellente réputation, avec particule, ou au moins à fort potentiel sur l'échelle sociale. Bref, des noms dignes de notre vue sur la tour Eiffel. Mam n'avait pas du tout renoncé à mon rallye dansant, à son désir de me voir approchée par des gosses de la haute bourgeoisie comme Bertrand Michelet.

J'ai regardé la photo de classe encadrée dans ma chambre et me suis arrêtée sur les « sans-amis », c'est-à-dire deux filles et un garçon qui avaient du mal à sociabiliser. Ils avaient fini par former un trio, et sans s'être choisis au départ, ils se retrouvaient dans la cour ou à la cantine. Comme par dépit. Cela se voyait qu'ils n'avaient rien à se dire. J'aurais pu me tourner vers eux, mais leur étiquette risquait de me nuire. De déteindre sur moi, qui bataillais déjà contre ma timidité. Trop risqué, ce label des « sans-amis », je trouvais. À moins que…

Tout à coup, comme si quelqu'un avait tiré sur la ficelle du plafonnier, une petite lumière s'est allumée dans ma boîte crânienne. « Celle du Saint-Esprit », aurait pu dire Domitille. Car, justement, je venais d'être visitée par une idée des plus chrétiennes. Pourquoi ne pas inviter ces deux filles moquées de tous et ainsi mettre mes pas dans ceux du Christ, qui tendait la main aux plus faibles, et donc aux sans-amis aussi ? Les deux filles seulement, le garçon était franchement trop moche… Ma sainteté avait ses limites.

Dans l'embrasure de la porte, Mam s'impatientait, un faible rictus trahissant l'écoulement des minutes.

— Je sais, ai-je dit, on va inviter Valérie et Edmée.

— Ouh, Edmé ! Un amoureux ?

— Non, une amoureuse.

— Quoi ?

— Je plaisante, ce sont des copines et comme Domitille a invité Clélia et Hortense…

— Oui, je vois, cela te met à égalité. Très bien, mais j'irai quand même toucher un mot à Quitterie. Histoire que tu figures toujours dans le carnet de bal, c'est comme ça qu'on dit, je crois. Bref, que tu sois rapidement invitée par Domitille. Il s'agit de rétablir quand même l'exclusivité de votre relation.

J'étais tout excitée à l'idée de rendre jalouse ma copine, mais quand je lui ai raconté mon projet de soirée pyjama, Domitille a été bluffée. Sincèrement touchée. Elle a dit que ma bonté chrétienne était belle à voir et qu'elle s'en félicitait. J'étais secrètement très déçue.

Le vendredi suivant – la même date que Domitille, Mam y tenait – nous avons organisé l'événement en question. Ma mère avait acheté un affreux jeu de société censé pousser les jeunes filles aux confidences lors de ce genre de soirée. Elle l'a posé sur mon lit, alors que Valérie était en train de retirer son manteau et qu'Edmée posait son petit sac près de mon armoire. Elles venaient d'arriver et Mam insistait déjà pour que j'ouvre la boîte du jeu. C'était gênant.

« Allez les filles, asseyez-vous sur le lit de Kali, on va commencer la partie », a lâché ma mère. J'étais stupéfaite. Je ne m'attendais pas à ce qu'elle veuille participer.

« Prends une carte, ma chérie, et lis-la. »

Comme une idiote, j'ai obéi et lu d'une voix peu assurée :

— Si tu pouvais épouser quelqu'un de célèbre ce serait…

— Nicolas Sarkozy ! s'est empressée de répondre Mam. Ma chambre m'a paru soudain oppressante. Déjà que la pièce était petite. Alors, avec quatre personnes dedans, les tapis de camping que ma mère avait déjà jetés sur le sol pour y faire dormir mes copines et cette réponse qui avait provoqué un silence gêné chez mes invitées… je la trouvais irrespirable. J'avais envie d'être hélitreuillée pour m'envoler loin d'ici.

Valérie s'est levée et a demandé où étaient les toilettes. Edmée a attrapé son sac pour se donner une contenance. Elle fouillait à l'intérieur, comme on le fait dans une salle d'attente quand on s'ennuie.

Mam a dû intercepter le malaise car elle a refermé la boîte du jeu en prétextant que le four avait sonné et qu'il était l'heure de déguster les produits Picard qu'elle avait mis à réchauffer.

Heureusement que les mini-burgers et les *potatoes* nous ont occupé la bouche la demi-heure suivante, car Edmée, Valérie et moi n'avions strictement rien à nous dire. Je pensais à l'ambiance qu'il devait y avoir chez Domitille, genre là-bas un festival de fous rires et ici un ennui de bibliothèque. J'ai mis un film devant lequel nous nous sommes vite assoupies. Mon geste chrétien était un pur fiasco.

38

Self-made-woman

J'ai l'impression que mon gros ventre me donne enfin une légitimité. Les gens s'écartent devant moi, des sièges se libèrent, l'attente se réduit... J'ai la carte ! J'existe ! Je suis enfin reconnue. Et quand je me promène dans Paris toute ronde de ce miracle en moi, ceux qui me croisent imaginent un partenaire, un père qui m'attend quelque part. Personne ne voit l'indépendance de mon geste.

Mais aussi ma solitude.

J'ai pas trop écrit les nausées et toutes les mauvaises surprises du premier trimestre, j'en avais trop gros. J'aurais aimé avoir une épaule. Et comme le disait joliment ma mère, Renée : « Quand tu vomis, t'as personne pour te tenir les cheveux. » Je suis restée à Paris pour vivre cette grossesse pas trop loin d'eux et de vous, docteur Bourlier. Mais mes parents n'arrêtent pas de me questionner sur le géniteur et je tiens mal le mensonge. Ils insistent pour que je leur présente « ce médecin rencontré à l'hôpital Debré lors d'une mission d'aide-soignante ». J'ai bien aimé leur raconter que je suis tombée enceinte grâce à l'intervention d'une blouse blanche. C'est déjà une demi-vérité, je trouve. Mais ils s'offusquent, surtout ma mère, qu'il ne me demande pas en mariage. « Tu es ultra-libre maintenant, tu peux même te remarier à l'église. Tu lui as bien dit, hein ? »

Je crois que je vais me cacher pour aller accoucher. M'exiler. Je discute beaucoup avec une nana que j'ai rencontrée sur un forum, elle a fait comme moi, un bébé en self-made-woman. Elle s'appelle Marie, elle habite à Montpellier.

Je comprenais enfin pourquoi j'étais née à Montpellier. Mam était toujours restée vague. Et elle avait dû se fâcher avec Marie peu après ma naissance, sinon je l'aurais rencontrée. Je relisais ces quelques lignes de ma mère, étranglée par l'émotion. Je n'avais jamais perçu le poids de sa solitude. Et Montpellier était donc un exil…

39

Au Muséum

Mon plus bel accomplissement depuis notre déménagement de Montpellier à Paris, ma plus noble avancée sur la fameuse échelle sociale qui obsédait Mam, je l'ai connue grâce à Amédée. Souvent, le week-end, je rêvais en feuilletant mes *Science & Vie Junior*, fascinée par les volcanologues en tenue blanche et dorée affrontant l'abîme de feu. Mais un solide surmoi me rappelait régulièrement que ce n'était pas une carrière pour moi – il fallait que je m'y fasse.

Alors, lorsque notre professeur principal a annoncé que nous aurions un stage d'observation d'une semaine à réaliser après les vacances de la Toussaint, mon sang s'est figé, j'allais connaître la réalité d'un job sans saveur encore plus vite que prévu. La plupart de mes camarades se réjouissaient : le LinkedIn de leurs parents débordait de contacts, ils pourraient aller où ils voulaient. Domitille, elle, pouvait compter sur le Bottin mondain. Mais moi ? Mam me proposerait sûrement de passer cinq jours dans l'institut de beauté de sa copine Daniela, où j'observerais des épilations maillot et la pose de faux ongles en acrylique. Cette perspective me déprimait d'avance, je préférais ne pas lui parler du stage et prévoyais une petite grippe accommodante.

J'en ai parlé à mon voisin.

— Amédée, cela vous est arrivé de feindre une maladie quand vous étiez enfant ?

— Bien sûr, j'ai fait tous les classiques : le thermomètre dans l'eau brûlante, les faux boutons sur le visage, les pieds gelés… Mais pourquoi me demandes-tu ça ?

— Il me faut un arrêt d'une semaine.

Je lui ai expliqué la situation et à ma grande surprise, Amédée a lâché : « Donne-moi vingt-quatre heures, je vais t'obtenir un stage qui te plaira. »

Il connaissait, par un ancien collègue, un chercheur qui travaillait au Muséum. Et voilà comment j'ai eu l'incroyable chance de rencontrer Roger Leverdier, spécialiste mondial des roches volcaniques.

Le premier jour de mon stage, je suis entrée dans son bureau comme Jessica dans une boutique Nike. Sur les étagères derrière Roger Leverdier, des marteaux de géologue, des microscopes et des énormes roches noires très poreuses. Fascinée par le décor, je n'arrivais pas à le regarder dans les yeux. Il a prononcé mon nom gentiment et je me suis tournée vers lui.

Roger Leverdier ressemblait exactement à ce que j'imaginais : des cheveux ébouriffés, des grandes lunettes en écaille avec une branche un peu cassée, une veste beige vieillotte. Il aurait fait fuir ma mère. Il était tout à fait mon type. Dans la case « Idole scientifique ».

« Figure-toi que je ne t'ai pas prise en stage juste pour rendre service à ton voisin, je suis bien content d'avoir quelqu'un qui va m'aider à trier la remise. J'espère que tu aimes ranger. »

J'ai eu peur tout d'un coup. J'avais pas tellement envie de me transformer en Cendrillon. Je voulais le carrosse direct, moi, sans passer par la case citrouille.

Mais la remise était une sorte de caverne d'Ali Baba. Dans cette pièce de trente mètres carrés, il y avait des caisses en bois assez mal empilées un peu partout. Je me suis approchée et j'ai jeté un œil : elles contenaient tous les types de roches volcaniques dont on pouvait rêver. Du basalte, de l'andésite, de la dacite… et j'ai même aperçu de la phonolite. Sur ces caisses, des étiquettes effacées ou à moitié décollées étaient censées les identifier.

— Tu as deviné quelle va être ta mission de la semaine ?

— Les sourcer et refaire les étiquettes ?

— Bingo ! a dit M. Leverdier avec un clin d'œil.

On m'ouvrait les portes du paradis. J'ai passé mes journées dans cette réserve, assise sur le sol, avec à côté de moi des livres de volcanologie ouverts pour vérifier les informations. J'écrivais du mieux que je pouvais avec un marqueur noir sur les étiquettes blanches. Et chaque fois que j'en collais une sur une caisse, je frissonnais de fierté. Dans l'après-midi, Roger Leverdier passait voir l'avancement de mon travail et il me racontait une anecdote sur un volcan. Celle du jeudi à 16 heures m'a particulièrement marquée.

« Tu sais que l'éruption du Pinatubo aux Philippines en 1991 a projeté un tel panache, jusqu'à trente-cinq kilomètres d'altitude, que ça a refroidi la planète pendant trois ans ? »

Amédée venait me chercher tous les jours à la sortie de mon stage. Il m'attendait devant le Muséum avec un petit goûter qu'il avait emballé maladroitement dans du papier d'aluminium. J'avais envie de lui dire de pas se fouler et de faire comme Mam, d'acheter des snacks industriels en sachet individuel. Mais il mettait du cœur à faire ces petits tas de palets bretons bien alignés qu'il entourait d'alu. Je mangeais mon goûter assise à côté de lui sur un banc du Jardin des Plantes, il acceptait toujours de prendre un biscuit – « un, pas plus » – puis on rentrait en marchant le long de la Seine. Je vivais l'une des plus belles semaines de ma vie.

40

Côté chance

Ce matin, alors que Domitille et moi entrions en classe de maths, elle s'est retournée pour me serrer fort dans ses bras. J'ignorais la raison d'un si soudain dégel de notre relation mais, émue, je l'ai étreinte moi aussi. Les vacances de Noël allaient bientôt arriver, peut-être était-ce un geste chrétien recommandé dans les petites phrases du calendrier de l'Avent de la paroisse, ou bien elle réalisait que notre amitié lui manquait. Il se pouvait aussi qu'elle se soit disputée avec Hortense et Trucmuche.

Nous avons regagné nos places et sorti de nos sacs nos trousses et cahiers. Une fois assise, j'ai vu qu'elle tenait un petit papier rose dans la main.

« Regarde ! » a-t-elle soufflé tout excitée et, de la paume de la main, elle a écrasé le Post-it sur la couverture de mon classeur.

J'ai jeté un œil sur son écriture, sans comprendre.

— C'est quoi ? ai-je dit.

— Un site. Non, mieux que ça, une porte ouverte sur l'avenir ! J'ai trouvé, Kali, le grand…

— Amour ? l'ai-je interrompue. Tibo InShape a enfin répondu à tes deux mille messages privés ?

— Mais non, banane, qu'est-ce que tu racontes ? J'ai trouvé le grand moyen pour toi d'enfin résoudre ton enquête.

Sur le Post-it, elle avait noté *thednadetectives.com.* Aussitôt, j'ai compris :

— Ah ! DNA… C'est un site pour retrouver son père grâce à l'ADN ?

— Bien vu !

Mon cœur cognait dans ma poitrine. Comment j'avais fait pour passer à côté ? J'étais trop obnubilée par les banques de sperme et j'avais perdu du temps.

Le prof a commencé le cours, écrivant au tableau des équations avec des *x* et des *y*. Domitille et moi chuchotions pour ne pas nous faire repérer.

— Oui, un site américain où des enquêteurs identifient toute ta smala à partir d'un peu de bave, m'a-t-elle expliqué.

— C'est dingue. Tu crois que ça pourrait marcher ?

— Ben oui, ils garantissent que grâce à leurs services la plupart des enfants adoptés retrouvent leurs parents biologiques.

— Aux States, mais pas en Europe.

— Partout dans le monde. Le seul hic, c'est qu'il faut payer.

— Pff, certainement encore une arnaque.

Je ne voulais pas m'emballer, ni repasser par la case « espoir déçu » comme à Porto.

« Non, c'est une vraie piste, Kali. Renseigne-toi, tu verras. »

Trop impatiente, j'ai emprunté dès la fin du cours le téléphone de Bertrand pour chercher sur Internet. *Autant qu'il me serve à quelque chose, le fils du PDG,* me suis-je dit.

Sur la page d'accueil du site apparaissait Kristy McDouglas, une blonde, genre Barbie texane avec des cheveux sculptés au BaByliss. Il était écrit qu'elle avait créé cette société pour « mettre fin aux secrets de famille ». Il suffisait de se soumettre à un test ADN pour connaître nos origines ethniques et de partager nos résultats avec Kristy qui disait avoir accès à la plus grande base de données ADN du monde. Son armée de détectives se chargeait ensuite de croiser les résultats et d'enquêter pour retrouver nos proches. Le site mettait en avant des témoignages émouvants agrémentés de photos : « Je ne pensais jamais pouvoir retrouver ma mère biologique, merci du fond du cœur » ; « Grâce à vous, j'ai pu enfin connaître ma sœur jumelle » ; « J'ai identifié ma famille à l'autre bout du monde, c'est incroyable ! ».

J'étais médusée, j'avais tellement envie de croire à la promesse des DNA Detectives. J'ai cliqué sur l'onglet Tarifs et j'ai déchanté : le Family Package de base pour retrouver un seul parent (pour moi, ça suffisait), coûtait quatre cent quatre-vingt-dix-neuf dollars !

Voyant ma moue, Bertrand – resté à dix centimètres de moi, comme si j'allais lui voler son iPhone dernière version – m'a sortie de mes explorations américaines.

« Qu'est-ce qui t'arrive, tu t'es pris un râteau ? Moi je suis là, bébé… »

J'ai levé la tête et me suis aperçue qu'il me regardait avec des yeux limite avides. Cette consultation Internet commençait à me coûter cher en drague lourde, il vaudrait mieux que je poursuive mes recherches chez Amédée. Je lui ai rendu son téléphone et, sans dire merci, j'ai filé.

Sur le chemin vers la maison, je ne pensais qu'à la découverte de Domitille et me posais des chapelets de questions, comme elle dirait. Comment j'allais payer le test de généalogie ? Puis les détectives ? Avait-on le même genre d'agence en France ? Même si je trouvais la somme, est-ce que j'allais identifier mon père ? Je me suis dit qu'Amédée aurait sans doute une idée. J'ai foncé déposer mon sac d'école dans ma chambre, puis je suis repartie comme une flèche dans la cage d'escalier et suis arrivée chez mon voisin, quasi asthmatique après ma course.

« Ça va Kali ? Assieds-toi, reprends ton souffle et raconte-moi. »

Amédée m'a posé une gentille main sur l'épaule puis m'a servi un verre d'Hépar (j'aimais pas cette eau de vieux mais j'ai jamais osé le lui dire).

— Je crois que j'ai trouvé une solution. Pour mon père, enfin mon géniteur. Vous vous y connaissez en ADN ?

— Oui, un peu. Enfin, la base.

— Maintenant que je sais que vous n'êtes pas un gogo prêt à donner son RIB au fils de Saddam Hussein, est-ce que je peux vous demander de regarder un site et de me dire si vous pensez que c'est une arnaque ?

— Haha, je suis ravi d'inverser les rôles, ma Kali.

Il a dit « MA » Kali, c'était la première fois, et ça m'a chamboulée. J'ai pris quelques secondes pour rembarrer les larmes qui venaient puis je me suis dirigée vers son bureau.

— Je peux ?

— Bien sûr, tu sais bien que c'est ton cybercafé, comme on dit !

Amédée a attrapé une chaise et s'est assis à côté de moi. C'était aussi la première fois qu'on faisait une recherche ensemble sur son ordinateur.

Je me suis connectée sur *thednadetectives.com*, j'ai cliqué sur les différents onglets, il lisait tout avec un grand sérieux qui m'a touchée. Puis il a pris la souris et a parcouru les pages encore quelques minutes. Avec un stylo noir et doré offert par *L'Express*, il a pris quelques notes sur un calepin Médecins du Monde. Toujours sans rien dire, très concentré, il est ensuite allé sur d'autres sites. Puis il s'est tourné vers moi.

« Ça m'a l'air solide ton histoire de détectives de l'ADN. Bon, faire des tests de ce type, c'est interdit en France, mais personne ne viendra t'arrêter. »

Il a jeté un regard à son calepin.

— En revanche, comment tu vas financer les quatre cent quatre-vingt-dix-neuf dollars du pack ? J'imagine que tu ne peux pas demander à ta mère…

— Non. Et Domitille m'a déjà aidée pour le Portugal en vendant l'argenterie familiale.

— Moi, tu sais, je veux bien te donner un petit coup de pouce et investir dans ta quête.

— C'est très gentil, Amédée, je vais y réfléchir.

J'avais envie de le prendre dans les bras mais je ne voulais pas l'embarrasser. C'est lui qui a mis encore une fois sa main sur son épaule. Sa belle main fripée aux doigts fins qui tremblait un peu.

« Oui, prends le temps d'y penser. Mais sache que je suis là pour toi. »

41

Amitié force 7

De son côté, Domitille était elle aussi retournée sur le site *dnadetectives.* Une fois ses parents et sa fratrie endormis, en Arsène Lupin, et surtout en chaussettes pour ne pas faire craquer le parquet, elle était entrée dans le bureau de son père où elle avait pianoté sur le MacBook Air à la recherche d'un enquêteur d'ADN qui se laisserait attendrir par mon histoire. Elle me racontait tout ça pendant le cours d'EPS.

— Oh, à cause de moi, t'as pas dû beaucoup dormir, désolée, ai-je dit tout en renouant mes baskets.

— On s'en fiche de ça !

Je m'en voulais d'avoir douté de notre amitié pour une soirée pyjama et je réalisais que je ne lui avais même pas demandé comment son stage chez un copain notaire de son père s'était passé. Je devenais égocentrique, comme

Mam. Domitille faisait les étirements indiqués par le prof avec détermination.

— Kali, mes efforts ont payé ! Vers 3 heures du matin, un certain John Davis m'a répondu.

— Un insomniaque, c'est tout bénef pour mon enquête ! ai-je dit en souriant.

En rangeant les plots qui avaient servi pour l'athlétisme, mon amie m'a expliqué qu'à Salt Lake City où vivait John Davis, il n'était que 19 heures. Ils avaient échangé durant une petite demi-heure par mail puis sur Facebook Messenger. Ce type était un détective freelance soucieux de se créer sa propre base de données et Domitille avait de l'or pour lui : sa famille qui remonte quasi jusqu'à Jésus.

— Je crois que le type est un peu mormon sur les bords. J'ai sympathisé avec lui, je lui ai filé des archives familiales, j'ai numérisé les différents dessins d'arbres généalogiques qui traînent chez nous, il était super content. Et il est OK pour t'aider gratuitement !

— Euh…

— Génial non ? Merci qui ?

— Mais t'es incroyable, merci mon amie ! Et d'ailleurs, désolée, je t'ai pas demandé : ton stage, c'était comment ? Pas trop relou le vieux notaire à la mauvaise haleine ?

— Tu vas rire, c'est pendant mon stage que j'ai entendu parler des détectives de l'ADN. Le pote de mon père est un pro de l'héritage. Souvent c'est naze, juste gérer des gens qui se répartissent des maisons et des bijoux. Mais parfois il n'y a pas d'héritier connu et il doit trouver des descendants jusqu'à super loin dans le monde. Donc il travaille avec des généalogistes. Pendant la semaine, il m'a fait bosser sur un dossier avec une héritière à dénicher aux Philippines, c'était sympa de lui annoncer qu'elle avait en quelque sort gagné au Loto. Donc, à part qu'il schlingue carrément du bec, c'était canon ce stage finalement.

À la sortie du collège, Domitille m'a proposé d'écrire à John immédiatement. Nous étions près de chez moi, Mam était en tournée de soins, on pouvait monter rapidement à la maison. J'hésitais un peu, j'avais peur, mais elle m'a convaincue. J'ai gravi lentement les escaliers, comme les marches à Cannes, pour me souvenir de ce moment. Domitille était devant moi, elle trouvait que je traînais. Puis on a jeté nos sacs sur mon lit et on s'est assises côte à côte devant le vieil IBM avec nos bols de céréales, prêtes à écrire le mail le plus important de ma vie. On a trouvé un site de traduction vers l'anglais pour être sûres de ne pas faire de fautes. J'avais laissé ramollir tous mes Choco Pops, je ne ressentais même plus leur goût et j'avais du mal à les avaler. Gorge nouée, doigts crispés. L'idée qu'un type inconnu de l'autre côté de l'Atlantique puisse apporter la réponse à la question qui me tournait les tripes depuis des mois me bouleversait.

J'ai commencé à écrire :

Bonjour John,

Domitille m'a donné votre adresse mail.

Je m'appelle Kalindra et je cherche désespérément à connaître mon père biologique. Comme beaucoup d'enfants adoptés qui font appel à vous, j'ai le sentiment qu'il me manque une clé essentielle pour me construire et je ne parviens pas à renoncer à mon besoin d'éclairer mes origines.

Si vous pouvez me venir en aide, ce serait un grand soulagement.

Je ne peux plus avancer sans savoir. Grandir avec un demi-arbre généalogique, des demi-racines, une demi-vérité : je n'y arrive pas.

Mille fois merci,

Kalindra

42

Résolutions

Le jour de l'An est arrivé et je n'avais toujours pas reçu de réponse de John Davis. Je vérifiais ma boîte mail à peu près toutes les quinze minutes, Mam pensait que j'attendais des nouvelles d'un mec. « Ah, Teddy est de retour ? Ou un nouveau ? Comment il s'appelle ? » Je maugréais et elle finissait par laisser tomber. John Davis était sûrement en vacances, mais de peur qu'il n'ait pas reçu mon mail, je l'avais transféré de nouveau, genre une dizaine de fois… Le type en revenant au travail aurait sa boîte professionnelle envahie, il risquait de me prendre pour une harceleuse et de me ghoster. L'angoisse m'empêchait de dormir et j'avais bof le goût de fêter la nouvelle année.

Pour le réveillon, Mam avait invité Daniela à la maison et avait fourni des efforts culinaires dignes de *Top Chef*. Au menu : des verrines de saumon à l'avocat, du gigot d'agneau avec des pommes duchesse et de la bûche aux marrons. Cela nous mettrait sur la paille en janvier, mais elle désirait marquer le coup, car elle disait qu'elle avait pris une grande résolution pour la nouvelle année. Elle jouait le mystère et refusait d'en dire plus.

Je savais qu'Amédée était seul dans son appartement et qu'il ne comptait rien faire de spécial. J'avais donc demandé à ma mère si on pouvait l'inviter. « Quelle drôle d'idée ! Je t'ai déjà dit qu'il était trop âgé pour moi, et surtout, il est quasi plus pauvre que nous », avait-elle répondu. J'avais insisté et finalement il était convenu qu'Amédée nous rejoigne pour le dessert.

Pour lutter contre mon angoisse de n'avoir jamais de réponse de John Davis, je m'étais amusée tout l'après-midi à décorer l'appartement. Nous avions passé Noël à la ferme, du coup, il n'y avait ni guirlandes, ni sapin chez nous. Mam trouvait que cela prenait trop de place, de toute façon. J'avais fait des petites ribambelles d'étoiles en papier que j'avais accrochées sur les trois seules fenêtres de l'appartement. Et j'avais trouvé deux bougeoirs que j'avais emballés d'alu pour faire un peu festif.

Amédée a sonné pile quand Mam a posé la bûche sur la table, il était trop fort. Il portait une chemise en jean que je ne connaissais pas, certainement pour faire jeune, même si elle était un peu trop repassée, ça lui allait bien. Il avait mis de l'eau de Cologne et bien peigné ses cheveux blancs qui brillaient un peu, du gel a priori.

« Non, de la brillantine, Kali », il a répondu en s'asseyant quand je l'ai complimenté sur sa coiffure.

Daniela le regardait avec beaucoup d'affection, Mam, qui pourtant prenait grand soin de vieux toute la journée, se montrait assez indifférente. Est-ce qu'elle avait perçu qu'on était devenus très proches ? Est-ce qu'elle était jalouse ?

Mais Amédée rayonnait, des soleils dans les yeux, il regardait autour de lui.

« Je me sens très privilégié d'être à votre table, merci. »

À Daniela qui le questionnait sur sa carrière d'anthropologue, il a raconté des anecdotes amusantes, comme la fois où il a fait un malaise dans la jungle amazonienne car il avait cru voir un serpent alors que c'était un tuyau, et son équipe s'était bien fichue de lui. J'écoutais, je souriais mais j'étais pas à cent pour cent dans la conversation. J'avais JOHN DAVIS tatoué dans le cerveau. Alors que minuit approchait et que je mâchais mollement ma part de bûche, je commençais même à regretter de lui avoir écrit, à regretter d'y avoir cru.

Puis Daniela a lancé un décompte et bim, nouvelle année. Une de plus sans père. Pendant que Daniela et Amédée continuaient de discuter d'un de ses voyages en Papouasie, je me suis tournée vers Mam.

— Alors, c'est quoi ta grande résolution ?

— Non, non, pas maintenant. Je te le dirai quand on sera que toutes les deux. Là, on profite, on s'amuse, hein, ma chérie.

C'est quelques jours plus tard, qu'elle a lâché le morceau. Quand j'ai repris l'école. Mam aimait particulièrement le 6 janvier et le rituel de la galette des Rois. Elle a donc choisi cette date pour m'annoncer sa grande nouvelle.

Je me débrouillais toujours pour qu'elle ait la fève, car elle était comme une gamine avec ça, et la voir poser la couronne de papier doré sur sa tête avec une telle joie dans les yeux m'amusait. Dans la cuisine, à son insu, je prenais un couteau et je soulevais délicatement le dessus de la galette. La fève repérée, je faisais une marque avec la lame, une petite croix dans la frangipane. Stratégie payante. Je connaissais le besoin impérieux de Mam de se sentir élue, surtout si quelques invités nous entouraient. Un adoubement qui la régénérait pour un mois. Aussi efficace que la luminothérapie.

Il n'y avait pas d'invité ce soir-là. Mam avait trouvé la fève et elle la nettoyait consciencieusement avec sa serviette en papier. C'était un petit animal en porcelaine, un cochon blanc et or qu'elle regardait comme si c'était un œuf de Fabergé. Moi, je me disais que M. Giraudeau du catéchisme apprécierait peu cette tendance à remplacer les sujets de l'Épiphanie avec des symboles venus d'Asie. En Chine, ils fêtaient l'année du Cochon de Terre et j'avais lu que c'était un signe de générosité, de compassion et de fertilité. *Parfait pour moi,* m'étais-je dit, mais j'allais vite déchanter.

« J'ai quelque chose à t'annoncer, ma Kali », a dit ma mère en déposant le cochon sur le bord de son assiette.

« Attends… », l'ai-je interrompue et j'ai déplié la couronne cartonnée couleur or pour la lui poser sur la tête. Elle a souri, mais j'ai bien vu que le cœur ne suivait pas. Elle me fixait tristement.

« Merci. Ça m'émeut. Excuse-moi. »

Une larme a brutalement perlé au bord de sa paupière.

— C'est que l'année prochaine, on ne sera pas ensemble pour tirer les Rois. J'ai regardé, la fête tombe un mardi, a-t-elle expliqué.

— Et alors, tu sais déjà où tu seras dans trois cent soixante-quatre jours ?

— Non, mais je sais où toi, tu seras.

— En vacances aux Seychelles ? ai-je lancé.

— J'aimerais bien, et dans ce cas, on irait toutes les deux.

— Génial !

— Oui, on peut toujours rêver… si seulement j'avais assez d'argent. Non, plus sérieusement, j'ai décidé de t'envoyer en internat.

La frangipane est devenue pâteuse dans ma bouche. Je me suis sentie tout d'un coup très fatiguée, courbaturée. Je devais parler, vite avant que les sanglots n'arrivent.

— Pourquoi ? Tu trouves que je ne m'intègre pas assez bien à Montesquieu ?

— Pas seulement, c'est un tout. J'ai fait le bilan. Je ne suis pas bête, tu sais, je vois bien que tu as honte de moi.

— Enfin, tu exagères, c'est arrivé une seule fois…

— Laisse-moi parler, Kali. Tu es une adolescente qui se cherche, c'est normal. De mon côté, j'essaie d'être la mère que tu attends, en même temps que la femme qui pourrait plaire à un homme. Un homme bien, je veux dire, qui nous rendrait heureuses. Voilà des mois que ça ne fonctionne pas, que je piétine, et ça m'épuise.

J'ai repoussé mon assiette et fixé le cochon blanc et or. Que fallait-il faire pour que les choses s'améliorent, le manger ?

— On avancera mieux seules, chacune de notre côté, a poursuivi ma mère. Et bien sûr, on se verra le week-end. C'est même toi qui choisiras. Tu pourras rentrer ou rester à l'internat selon tes envies.

— *Fantastic !* comme disait Brian.

— Je comprends ta réaction, il te faut un peu de temps pour voir que c'est la bonne solution, a-t-elle murmuré.

Puis elle s'est levée pour débarrasser.

Depuis la cuisine, elle continuait ses explications et je réalisais que dans mon dos, comme un général de guerre, Mam avait tout prévu. Pour ne pas renoncer à la perspective d'une ascension sociale, elle m'avait inscrite à la pension Saint-François, dans les Hauts-de-Seine.

Un établissement prisé des familles ultra-riches dont les enfants étaient pour la plupart en échec scolaire.

« Je suis loin de cet échec et tu aurais peut-être pu me demander mon avis », ai-je déclaré sans savoir si je me sentais plus furieuse que triste.

De toute façon, je voyais bien qu'il ne servirait à rien d'argumenter. Sa décision était prise. J'allais devoir renoncer à mes goûters hebdomadaires avec Domitille, à mes fins d'après-midi chez Amédée, mais aussi à notre tandem mère-fille chaotique que j'aimais comme un chien qui boite.

43

Miss Doudoune

COMME À CHAQUE FOIS qu'elle savait m'avoir blessée, ma mère compensait en me gâtant un peu. Souvent par le shopping, qui était une activité qui nous plaisait à toutes les deux. Vite un pansement de *fast fashion* !

Elle prévoyait pour ma rentrée prochaine en Hauts-de-Seine l'achat d'un joli manteau. C'étaient les soldes, elle pouvait se permettre d'éviter les traditionnels sites de revente de vêtements de marque qu'elle consultait à longueur de journée. « Regarde ce sweat du Comptoir des Cotonniers, combien tu crois que je l'ai payé ? » était le genre de phrase-devinette que Mam adorait prononcer. Elle n'attendait pas vraiment de réponse. « Dix euros, une affaire ! » lançait-elle comme si elle était une reine du business et qu'elle avait réussi à négocier un super contrat.

J'étais tentée par cet après-midi dans les boutiques, d'autant que je savais exactement ce que je voulais. À Montesquieu, les filles s'affichaient façon concours de Miss pour doudounes. Capuches bordées de fausse fourrure rose ou argentée, tissu pailleté, ceinture ornée... les plus chics et les plus sports à la fois avaient toutes les chances de l'emporter. Ce ne serait pas facile de refuser à Mam son plaisir de m'influencer, j'étais sûre de trouver les mots qui feraient mouche. Genre : « Sans cette doudoune, adieu l'ascenseur social ! »

À la sortie du métro près des Halles, des jeunes en K-Way au service d'ONG abordaient les gens. Mam, qui s'était bien sûr trop apprêtée, avait l'air de suinter le pognon. Deux gars se sont jeté un regard complice comme pour se défier d'être le premier à l'accoster.

— Madame, vous avez deux minutes pour parler de ce qu'il se passe en ce moment au Pakistan ? a dit celui dont la veste affichait le logo d'Action contre la Faim.

— *Sorry, I don't understand,* a répondu Mam avec un accent français bien appuyé et sans aucune gêne.

Elle a contourné le garçon et accéléré le pas. Lui est resté les bras ballants, un air interloqué sur les lèvres. Il ignorait que ma mère avait une manière bien à elle de faire de l'humanitaire grâce à sa copine Nadia qui travaillait dans une parfumerie sur les Champs-Élysées. Nous avions régulièrement des échantillons que nous testions à la maison. Ceux qu'elle n'aimait pas, elle les mettait dans son sac et les distribuait aux SDF. « Je suis sûre qu'aux Restos du Cœur, ils ne vous donnent pas ça », leur disait-elle avec aplomb. Et à moi, elle avait un jour expliqué que son geste était réfléchi : « Quand même, sentir bon, c'est le début de la dignité. » Je ne savais pas trop quoi en penser.

Les SDF, eux, paraissaient parfois un peu choqués par son geste.

Nous sommes passées devant une boutique dont le nom, Jenny's, promettait une incursion dans un univers de similicuir et autres tissus chimiquement modifiés, aussi nocifs pour l'environnement que pour notre système endocrinien. Mam s'y est engouffrée sans m'attendre. Elle venait de repérer dans la vitrine une jupe fraîchement sortie d'un atelier de petites mains surexploitées. Coupe moulante, strass…

— Parfaite pour mon rendez-vous avec Jean-Yves, a-t-elle lancé.

— Jean-Yves, je le connais ? ai-je demandé.

— Je t'en ai parlé, je l'ai rencontré chez son père qui est un de mes patients.

— Non, ça ne me dit rien ou alors j'ai oublié.

Les yeux sur un portant aveuglant tant les couleurs des vêtements étaient criardes, elle s'est emballée et, tout excitée, m'a dit d'une voix suraiguë :

— Choisis des robes, on va rigoler dans la cabine d'essayage !

— Je ne comprends pas, quelles robes ?

— Des trucs glamour pour se prendre en selfie et délirer.

Délirer. Le mot m'a fait frissonner. Elle délirait déjà au sens clinique du terme, je trouvais. Je n'avais plus passé une robe depuis l'âge de cinq ans et elle savait bien que je m'habillais toujours en jean ou en jogging.

« Ne reste pas plantée là, tiens, prends ça », a-t-elle ajouté en me tendant une robe courte ultra-décolletée.

Encore une fois, j'étais donc la fille sérieuse, et elle, l'extravertie, la délurée. Mon statut m'étouffait, le sien semblait follement l'épanouir. Un instant, j'ai pensé que si je faisais un effort, ce genre de délire partagé pourrait la faire changer d'avis au sujet de l'internat. Hum, je me suis ravisée en la regardant progresser de cintre en cintre. Elle jugerait certainement que l'austérité de ma vie de pensionnaire me serait profitable et qu'un week-end par mois suffirait à me dérider. Ainsi, je la comprendrais enfin et lui serais reconnaissante.

Elle est partie seule vers la cabine avec robes, jupes et brassières. Heureusement, j'avais un livre dans mon sac, un Jules Verne dans lequel je me suis plongée, accoudée contre une étagère.

Ravie, son téléphone à la main, elle est ressortie et s'est approchée de moi. « Laquelle j'envoie à Jean-Yves ? » a-t-elle demandé en faisant défiler les photos qu'elle venait de prendre dans la cabine. Je me trouvais désarmée face à la niaiserie de ces images. La pire : ma mère en robe vinyle moulante et *duck face*, l'air d'attendre une validation. Je me suis contentée de ranger mon livre et de prendre la direction de la sortie.

Une petite demi-heure plus tard, dans le magasin où j'avais repéré la doudoune convoitée, ma mère avait changé d'humeur. Renfrognée, elle constatait que Jean-Yves n'avait pas répondu à son message qu'il avait pourtant lu quatre minutes plus tôt.

Elle s'est approchée du portant, a attrapé une étiquette qui pendait à une manche. « Eh ben, ça fait cher l'intégration ! » a-t-elle lâché, tandis que je réfléchissais déjà à la couleur de ma veste. « L'humour, a-t-elle continué, le charisme, tu as essayé ? C'est gratuit ! » J'étais vexée mais bien décidée à ne pas renoncer.

J'ai choisi la couleur vert forêt, proche de celle que portait Constance, la fille la plus populaire de la classe. Elle ne m'avait jamais adressé la parole ; peut-être que ce bout de tissu et ces quelques plumes changeraient la donne.

Après que ma mère a payé de mauvaise grâce ce choix qu'elle jugeait banal, je n'étais même pas heureuse. À quoi bon me faire apprécier de Constance ou d'une autre, puisque je devais en fin d'année décamper ? Et il faudrait tout recommencer dans un internat austère.

Nous sommes rentrées à pied à la maison sous une pluie battante. J'avais même pas le courage d'enfiler ma nouvelle doudoune à capuche pour me protéger. Je me suis laissé doucher. Comme ça, je pouvais pleurer plus discrètement.

44

L'écouvillon

J'avais le cœur qui pesait cent kilos mais fallait bien avouer que dans ma nouvelle doudoune, j'étais méconnaissable. En tout cas, Domitille ne m'avait pas trouvée tout de suite dans le rang. « Oh, tu es là, mais t'es trop belle avec cette veste ! »

Si je n'avais pas encore eu le courage de lui parler de l'internat et de notre séparation à venir, j'avais trouvé celui de me renseigner sur le lycée Saint-François auquel Mam me destinait et de balayer la galerie photos du site. Les bâtiments ressemblaient à tout ce qu'on pouvait attendre de ce type d'école : de la brique, un style architectural entre Dickens et Harry Potter. J'avais aussi visionné l'interview du chef d'établissement et lui trouvais un air hypocrite. Peut-être était-ce simplement dû à un manque de *media training* ; de toute manière, je n'aimais pas non plus l'uniforme des élèves. Ces jupes écossaises me plombaient d'avance. Pourtant, le port d'un uniforme dissimulerait mieux mes origines sociales, enfin, jusqu'à ce que les élèves racontent leurs dernières vacances d'été et que je doive reconnaître, à leur grand désarroi, ne posséder aucune résidence secondaire…

Le besoin de me confier à mon amie devenait de plus en plus grand, seulement, avec le nouveau bébé de la Patemollière, elle dormait peu et sa susceptibilité atteignait des records. J'avais pourtant imaginé une issue de secours qui la concernait : aller vivre chez elle. Quitterie était toujours preneuse de bénévoles à son service, je pourrais faire du baby-sitting, nettoyer, ranger et j'aurais presque une famille de substitution. L'idée, très attrayante, enflait en moi. J'attendais le bon moment pour la proposer.

Début février est enfin arrivé ce que je n'osais plus espérer : la réponse de John Davis ! Il s'excusait d'avoir mis du temps à écrire, il était *absolutely* débordé et se disait ravi de m'aider. Nous allions vivre une aventure fantastique selon lui. Je reconnaissais dans ses mots l'enthousiasme un peu factice, typiquement américain, que j'avais observé chez Brian. Je me suis employée à surmonter mon cynisme d'ado parisienne pour le suivre et mettre de la couleur dans ma réponse qui, en gros, se résumait à une question : que dois-je faire ?

John m'a recommandé d'effectuer un test ADN et a joint à son mail quelques liens de labos qui proposaient des kits à soixante-neuf euros. Cela restait raisonnable. Il s'agissait quand même de comparer mes gènes à ceux de cent cinquante populations de référence, venues de trois cent cinquante régions du monde. Fou !

Comme je l'avais dit à Domitille, je ne me voyais pas profiter de la générosité d'Amédée, surtout à cause de sa fille qui en usait jusqu'à la corde. Je tenais à lui montrer une amitié pure et désintéressée. Il fallait donc que j'attende la nuit et le sommeil de Mam pour lui prendre sa carte. L'achat resterait invisible – elle vérifiait peu ses comptes afin d'éviter les suées d'angoisse – et je me promettais de remettre la somme au fur et à mesure, en liquide dans son portefeuille. En fait, j'allais lui reverser discrètement l'argent de poche qu'elle me donnait. Une manière pour moi de ne pas me sentir trop coupable.

À minuit passé, je me suis glissée dans le salon pour un cambriolage plus complexe que celui de Domitille l'autre nuit dans le bureau de son père. J'avais pas mal d'obstacles à éviter dans un lieu nettement plus étroit. Avec les rideaux tirés, je ne voyais rien et ma mère ronflotait à cinq centimètres de moi, dans le canapé-lit. Heureusement, elle mettait toujours son sac au même endroit. Il était accroché près de son manteau, dans l'entrée. C'était un sac seau pas trop difficile à fouiller, dans lequel ma main a tout de suite trouvé le porte-cartes en cuir argenté. Il brillait sous l'éclairage de mon téléphone que je venais d'actionner. Je devais aussi prendre son portable pour valider le paiement. Bref, John Davis ayant mis des plombes à me répondre, j'avais eu largement le temps de penser à mon petit braquage maternel.

En revenant sur mes pas, je l'ai entendue baragouiner quelque chose dans son sommeil et me suis arrêtée net ; je ne préférais pas savoir si le son « iii » sorti de sa bouche correspondait à la dernière syllabe du prénom de son nouveau chéri… *Chacun a droit à son jardin secret*, me suis-je dit, surtout quand on n'a aucune envie d'aller jardiner pour le déterrer. Les rêves érotiques de ma mère, non merci.

La commande validée, le plus dur restait à faire. Comment intercepter le colis du labo avant Mam ? Il allait falloir éplucher le courrier dès mon retour de l'école et ensuite réaliser le test en cachette.

Quatre jours après mon intrusion dans le sac seau de ma mère, j'ai reçu le courrier attendu. Il contenait la marche à suivre, le formulaire à signer, l'écouvillon et l'adresse de retour. Mam s'occupait d'une vieille dame en fauteuil dans le 14e jusqu'à 19 heures. Une fenêtre temporelle royale pour remplir le dossier, frotter consciencieusement l'écouvillon à l'intérieur de ma joue, pleurer un bon coup sous l'émotion, mettre le tout sous enveloppe à l'attention du labo et me rendre au bureau de poste le plus proche.

Une fois cette affaire génétique rudement menée, j'avais l'impression bizarre d'avoir commis un crime. Je me sentais heureuse et soulagée que tout se soit bien passé, mais inquiète à l'idée que ma mère découvre mon audace et se sente trahie. Sans compter le résultat que l'écouvillon pouvait m'apporter… le nom d'un père à découvrir, à aimer ou à fuir ?

45

Jean-Yves

« TU VAS L'AVOIR TA PRÉSENCE MASCULINE recommandée par les psys. Avec Jean-Yves, ça devient sérieux », a annoncé Mam au petit déjeuner. Primo, on était lundi, et elle aurait pu me ménager. Deuzio, qu'est-ce qu'elle y connaissait en matière de psychologie ? Mon toast aux vermicelles chocolatés m'a paru fade tout à coup.

Depuis Tony, elle ne m'avait présenté personne. Des mois de tranquillité. Une parenthèse rose qui se refermait méchamment. Elle aurait pu attendre mon « internament » avant de s'encombrer d'un nouvel homme de passage. Elle était déjà en pleine confidence écumante quand je me suis rabattue sur mon toast, que j'ai mâché la bouche ouverte dans l'espoir que les craquements du pain et des copeaux de chocolat assourdissent ses paroles. « … jamais fait l'amour comme avec lui…

week-end à Deauville… drôle… son torse musclé, tu le verrais, Kali… généreux… hâte… te le présenter. »

J'ai attrapé mon jus de pommes avec l'envie de lui annoncer qu'elle pouvait continuer de batifoler sans s'inquiéter de ma psychologie et du manque de figure paternelle : dans trois semaines, j'aurais mes résultats du labo.

« Il vient dîner ce soir. Tu veux bien emprunter une robe à Domitille ? » a-t-elle dit en appuyant sa super proposition d'un clin d'œil. Alors là, jamais de la vie. D'abord mon amie et moi ne faisions pas la même taille et sa robe m'arriverait à mi-cuisse, ensuite, encore une fois, JE NE PORTE PAS DE ROBE.

« Ah ! Et tu lui montreras ta rédaction sur les volcans, tu sais celle qui t'a valu un 18/20. Je lui ai dit que j'avais une fille intello, ça lui plaît, il doit se dire qu'une belle femme peut être aussi une bonne mère et avoir un gros cerveau », a-t-elle ajouté en accompagnant son propos d'un rire flûté et gênant.

À tous les coups, il faudrait aussi rejouer l'histoire de la porte de placard qui mène à la seconde chambre de l'appartement. J'étais sûre qu'elle ne lui avait pas encore avoué qu'elle ne pouvait pas se permettre autre chose qu'un T2.

Moi qui envisageais toutes sortes de solutions improbables pour rester vivre avec mon impossible mère, je suis partie une demi-heure plus tôt à l'école, avec des envies de fugue.

En cours de SVT, Domitille s'endormait, victime du burn-out de la nounou : elle devait se lever plusieurs fois par nuit pour donner le biberon à son nouveau-né de frère. Il y avait toujours eu des nourrices chez les Patemollière, sauf que là, faute de moyens, Domitille endossait le rôle. Quitterie tenait à se remettre rapidement sur pied pour reprendre sa vie mondaine et pensait que sa fille était tout à fait capable de combiner bébé et scolarité. Elle n'entretenait de toute manière pas de grandes ambitions de carrière pour elle. Un simple et impérieux objectif conjugal. Le bon mari. Le bon parti. Le même dessein que ma mère pour elle-même, en fait.

Sans aller chez Domitille pour lui emprunter quoi que ce soit, en jean avec un joli pull bleu marine, j'ai donc rencontré le fameux Jean-Yves.

Un sourire trop large, des gencives bien apparentes et un bouc de mentaliste (un trait vertical au milieu du menton), je n'étais pas à l'aise avec son physique. En plus, à peine arrivé, il s'est assis jambes écartées sur notre canapé-lit. En plus, il avait son portable accroché à la ceinture. En plus, il disait tout le temps « sur Paris » ou « sur » une autre ville. Ça me dérangeait furieusement.

Mais il s'est levé pour mettre la table, il a proposé de servir les pâtes au pesto que Mam avait préparées et il la regardait avec bienveillance et pas trop de cet appétit malsain que montraient les autres. Et il a fait semblant de s'intéresser à ma rédaction notée 18 que Mam avait retrouvée avant moi et posée en évidence sur la table à côté du vin. Il n'y connaissait vraiment rien en volcans donc j'étais quand même contente de pouvoir lui raconter un peu les bases, genre Pompéi, une ville figée dans la lave. Après cet exposé dont je n'étais pas sûre qu'il ait tout écouté, j'ai prétexté un contrôle le lendemain pour aller dans ma chambre. Aussi parce que Jean-Yves avait pris la main de ma mère et que prude – prête pour l'internat Saint-François des nunuches – j'avais trouvé ça gênant.

Je me suis mise en pyj rapidement, espérant pouvoir m'échapper de leur soirée dans le sommeil. Mais de mon lit, j'entendais leurs rires gras. Je percevais des allusions sexuelles dans les propos de Jean-Yves. Ma mère déployait son habituelle stratégie de la biche effrayée qui s'enfuit de trois pas à chaque approche. Elle se montrait ravie. Et ça durait, ils étaient bruyants, j'étais à deux doigts de taper des coups sur le mur en riposte.

Tête sous l'oreiller, avant de m'endormir, mon diagnostic s'avérait définitif : Jean-Yves était con mais pour l'instant, il rendait ma mère heureuse.

46

Le bouquet

La boîte aux lettres m'a enfin livré le petit miracle que j'attendais. Coincée entre une facture Engie et une brochure de soins esthétiques se trouvait l'enveloppe de toutes les promesses. J'ai monté comme une fusée les escaliers de l'immeuble. J'avais rêvé de cet instant et m'apprêtais à le vivre comme il se doit : dans ma chambre en compagnie de mon goûter favori – mon bol de céréales cacaotées.

L'en-tête du labo en relief doré s'avérait de bon augure. Mon nom et mes coordonnées dans le coin supérieur droit indiquaient qu'il ne s'agissait pas d'une erreur de courrier. C'était bien de moi dont il serait question ! Le papier plutôt épais et de bonne qualité me rassurait : ma demande avait été prise au sérieux. Je sentais que les documents allaient m'offrir une existence. Une consistance.

Par sécurité, j'ai bloqué la porte de ma chambre avec la chaise de bureau. Personne ne devait gâcher mon moment par une intrusion intempestive. Pas plus ma mère que Tony ou Jean-Yves. Je me suis assise sur le lit avec l'enveloppe ouverte dans mes mains qui tremblaient.

Le premier document que j'ai déplié montrait une carte du monde avec des ronds rouges, verts et jaunes, un peu semblables à ceux qu'on dessinait en géographie pour les zones économiques de l'UE. Ces ronds illustraient la provenance de mes gènes. J'étais caucasienne à quatre-vingt-douze pour cent (dont un peu ibérique, scandinave et anglaise) et asiatique à huit pour cent.

La deuxième feuille contenait un tableau dense de chiffres expliquant les données sur les origines ethniques. Dans les colonnes, il était écrit une espèce de dialecte de généalogiste que je ne comprenais pas du tout : Haplogroupe I-M223, I-Y3713, segments 125 cm…

Enfin, les dernières feuilles étaient les plus importantes, elles détaillaient les « *matches* », les parents que le laboratoire avait trouvés, c'est-à-dire ceux qui portaient un ADN proche du mien dans le monde entier. Il y avait plein de pictogrammes de têtes, violettes avec des longs cheveux pour les filles, bleues avec une coupe au bol pour les garçons, positionnées en cercle autour d'une étiquette marquée Kalindra Ferrini. Une famille se composait sous mes yeux. J'avais autour de mon nom des dizaines de pictogrammes : une réunion familiale XXL. J'en pleurais presque. Mais au fil de la lecture, mon bonheur s'est affaissé. Il s'agissait simplement d'une liste de cousins au cinquième degré « *distant relatives* » ils disaient en anglais. Dans la case « *close family* », famille proche, j'avais personne.

En guise d'arbre généalogique, j'obtenais une champignonnière. Merci la filiation. La plupart de ces apparentés étaient américains, quelques-uns scandinaves, mais aucun portugais. Quant aux Français, ils étaient encore trop peu nombreux à passer ces tests. Je ne voyais pas comment John le détective allait retrouver mon père à partir de ces vagues cousins.

Forcément, j'étais très déçue et une boule d'acier me bloquait le larynx. Il n'y avait pas l'ombre d'une piste paternelle dans ces résultats. J'ai scanné le document et je l'ai envoyé dans un mail destiné à John Davis, me fendant d'un unique « Cordialement ». Ensuite, j'ai tout caché sous mon matelas. À côté du journal de Mam dont le récit s'arrêtait aux premières contractions à Montpellier et à son appel à Marie, sa nouvelle copine rencontrée sur un forum trois mois plus tôt, qui serait la seule à me voir naître…

Le lendemain matin, Maman écoutait, assise dans le clic-clac replié, un podcast de France Inter et répétait à voix haute les envolées exaltées d'Augustin Trapenard. Je savais qu'elle s'exerçait ainsi à perdre ses intonations cagoles. Il faut dire qu'elle avait un job supplémentaire depuis deux semaines. En vue d'arrondir les fins de mois, elle s'était lancée dans le conseil en image et le relooking. Elle m'avait montré sa carte de visite avec son logo floral et le nom donné à sa petite entreprise au black, Mademoiselle Coco, suivi d'un petit texte plein d'assurance : « Je vous redonne confiance en vous en 5 minutes chrono ! » Prendre un accent Saint-Germain-des-Prés appartenait sans doute à son projet, et j'imaginais que mon départ pour l'internat était attendu pour accélérer sur le sujet. Mam devait penser que l'on ne se contaminerait plus en se refilant nos inflexions de cigales.

Son business démarrait doucement. Elle avait réussi à vendre ses services à Béatrice, une mère de l'école avec jupe au genou et chemisier tradi. Son mari venait de la quitter pour Laura, une étudiante de vingt-trois ans. Mam avait passé la soirée sur l'ordinateur pour, à partir de photos de sa cliente, réaliser un montage grossier en piochant des images de Kim Kardashian. Cela donnait la tête de Béatrice, plutôt blafarde et non maquillée, au-dessus d'une robe décolletée à paillettes avec des énormes seins en vitrine et des fesses ultra-moulées. Mam m'avait tendu son petit collage avec fierté. J'en étais mal à l'aise et curieusement attendrie. C'était courageux de sa part de chercher à s'épanouir autrement qu'en nettoyant des personnes âgées d'humeur variable et parfois carrément exécrable. Récemment, j'avais d'ailleurs été prise d'une forme de démence précoce en demandant à Domitille de voir si du côté des relations des Patemollière, il n'y aurait pas des clients auxquels recommander les services de Mademoiselle Coco. Malgré ma mise au ban de notre T2, je voulais qu'elle réussisse son projet. Mon amie m'avait répondu qu'elle en doutait franchement, mais qui ne tente rien n'a rien.

Fragile et fatiguée, Domitille se plaignait de plus en plus souvent. Pendant le cours d'arts plastiques, alors que nous étions en train d'explorer la peinture au doigt, elle avait dit : « Mon père est tellement pénible. J'en peux plus. Je rêve qu'il s'en aille hypra loin, sur Jupiter ou Saturne, tu vois. » J'entendais ce genre de réflexions régulièrement. Les jeunes de mon âge voulaient quasi tous « tuer » leur père, tandis que je ne cessais de rêver ressusciter le mien. Je devais vraiment être à contre-courant, marginale, originale comme cette œuvre sanguinolente que je composais au rouge vermillon. Si je continuais ainsi l'élaboration de mon chef-d'œuvre, la prof risquait de me faire une remarque du style : « Ah, intéressant Kalindra, c'est une scène de crime ? L'intérieur d'une boucherie ? »

Domitille s'appliquait à peindre un bouquet de tulipes de l'index – trop forte ma copine ! Elle trempait son doigt dans la peinture acrylique vert printemps. Derrière nous, la prof prodiguait des conseils en passant dans les rangs. « N'oubliez pas les ombres, les lumières. » « Même au doigt, on peut respecter le volume des choses. » « Si vous préférez l'abstraction, il doit y avoir une recherche… » Eh bien, je la devinais, ma recherche : du rouge, du sang, lequel bon sang ? Je me suis mise à remplir ma toile de lin cartonnée de points d'interrogation. C'était sublime.

Ma copine me parlait à présent de sa mère et je comprenais que le matricide l'attirait davantage que le parricide finalement. C'était vrai que les exigences de Quitterie devenaient hors norme. Chacune de ses demandes se faisait de plus en plus impérieuse, et il lui arrivait de piquer des colères monstres, tel un dragon étoffant sa puissance de feu.

— Laisse tomber les tulipes, ai-je dit. Tu peux te lâcher dans ce cours, toute ta frustration doit sortir de tes doigts.

— Tu as raison, je ne sais même pas pourquoi je m'applique avec ce sujet. En fait, je n'avais pas d'idée.

— C'est ton côté aristocratique, peintre de fleurs de génération en génération, ai-je chuchoté en pouffant.

— Arrête ! Tu vas voir ce qu'elle te dit, l'aristo.

Surprise par son ton de défi, je l'ai regardée placer sa main entière sur sa palette pleine de peinture verte et violette, puis poser son empreinte au-dessus du bouquet.

— OK, c'est ta signature, ai-je dit. Pas terrible. Trop gamin. Ça ressemble à ce qu'on faisait en maternelle.

— Attends, il faut juste que je modifie…

Elle a pris le chiffon humide et s'est mise à effacer l'empreinte de ses doigts sur la toile pour ne laisser que celle de son majeur pointé en l'air.

— Oh là là, t'es dingue, ai-je lâché. Efface, la prof va passer !

— Hors de question ! C'est de l'art engagé, vois-tu !

Je riais tellement que j'étais obligée de m'étouffer sous mon tee-shirt. Mais imaginer Mme Blanchard devant le bouquet-doigt d'honneur de Domitille rachetait ma semaine pourrie. *C'est donc ça, l'art-thérapie,* me suis-je dit.

On est sorties de la classe après avoir déposé nos toiles dans nos casiers. Elles devaient sécher, ensuite Domitille pourrait accrocher la sienne chez le dragon. Une vraie femme libre, ma copine !

47

Gentil pingouin

Mam continuait à voir Jean-Yves, l'homme au bouc de mentaliste et aux gencives apparentes. Il marchait avec un air de pingouin accablé, mais dès qu'il franchissait la porte de l'appartement, il déroulait sa gentillesse. Son comportement ressemblait à une voiture écologique dont le moteur se coupe automatiquement au feu rouge ou à un écran délaissé. Non stimulé, Jean-Yves se mettait en veille et quand on l'interrogeait, il prenait quelques secondes avant de répondre. Mais à part ce mode cérébral économique, il se montrait très serviable.

Pour une fois qu'elle n'était pas la boniche du couple, Mam en profitait au maximum et j'avoue que je ne me retenais pas beaucoup. J'y allais même allègrement. Le pingouin faisait la lessive, les courses, le ménage et me rendait de menus services du style : me filer un peu d'argent de poche, faire mes devoirs de maths, sortir le soir pour aller à l'épicerie s'il n'y avait plus de Chocapic – *what else?* Pourquoi pas un nouveau jogging et les toutes dernières Nike urbaines pour frimer au parkour ? Bon, fallait pas pousser, mais je percevais qu'il me craignait, s'imaginant que mon avis comptait et que je détenais un rôle clé pour son futur avec Coco.

Finalement, Mam avait changé de stratégie et ne lui avait pas caché mon existence comme à son amant lors de mon séjour à Porto. Au contraire, elle s'était sûrement servie de moi pour exercer une douce pression sur son compagnon. J'avais peut-être une carte à jouer si Jean-Yves m'aimait bien. Si le pingouin avait envie d'une famille recomposée, moi je voulais bien jouer la gentille belle-fille, sourire sur des selfies avec eux qu'ils pourraient poster sur les réseaux avec en légende « ma tribu » et des emojis nunuches. Oui, j'étais prête à endurer tout ça si ça pouvait m'éviter l'internat.

J'en faisais des caisses pour m'incruster dans leur couple et proposer des activités tous les trois (balade au parc, cinéma, resto) et j'espérais avoir des résultats rapido, aussi pour ne pas avoir à parler de l'internat à Domitille. Lui annoncer cette nouvelle me déprimait beaucoup trop. Mais les semaines passaient et on recevait de plus en plus de courriers pour préparer ma rentrée dans cette maudite institution. Ce qui m'a achevée, c'est la commande des uniformes : quand Mam est arrivée avec son mètre de couturière pour être sûre de m'acheter la bonne jupe, j'ai compris que j'avais perdu la guerre.

En vraie couarde, j'ai attendu le dernier jour d'école, fin juin, pour déballer l'affaire à Domitille.

— Bon, c'est fini pour moi cette cour de récré, ai-je lancé comme si nous en avions parlé mille fois.

— Comment ça ?

— Mam m'envoie en internat

— Quoi ? Ce n'est pas possible. Elle ne peut pas me faire ça, enfin te faire ça. C'est injuste et…

Sa voix s'est brisée et des sanglots sont montés dans ses iris bleutés. Cela m'a touchée et presque réjouie, ce dont j'avais honte. Voir l'attachement qu'une personne que j'aime avait pour moi était si réconfortant. Mais je ne pleurerais pas. J'avais désormais un bouclier mental qui me permettait d'aborder les choses les plus tristes sans verser une larme. J'ai donc glissé une blague, en fille désinvolte, sur la gueule des uniformes de mon futur lycée et la tête des profs du trombinoscope en ligne. Domitille m'a fixée sans sourire, incrédule.

« Mais enfin, Kali, tu te bats pour trouver ta paillette, tu ne vas pas te laisser emprisonner dans une pension ! Tu ne vois pas que c'est pour ta mère une façon de te punir ? »

Elle voyait ça comme un gigantesque complot destiné à m'empêcher de retrouver mon père. On m'enfermait pour me neutraliser et mettre fin à mes recherches. J'aimais cette idée qui me donnait une stature de grande héroïne romantique ou, plus moderne, une étoffe de lanceuse d'alerte muselée. (Même si cette vision était parfaitement malhonnête.)

Domitille a fini par se calmer et a promis de passer le maximum de son été avec moi. De toute façon, elle voulait échapper à l'île de Ré.

Deux semaines plus tard, mon calendrier *Science & Vie* affichait déjà la date du 18 juillet et je n'avais toujours pas eu de nouvelles de ma copine. La pauvre avait dû se faire embarquer sur le caillou vendéen.

J'ai glissé dans une mélancolie douce dont je m'accommodais de mieux en mieux au gré des jours. Jessica était partie travailler dans le magasin de sport de son oncle alsacien. Mes seules heures de véritable distraction, je les devais au parkour et à Amédée. Sinon je matais des séries, rangeais mes affaires, réfléchissais à mes bagages, tandis que Mam enchaînait les urgences canicule chez ses patients. J'avais bien compris qu'elle allait récupérer ma chambre. Aussi, en signe de protestation, j'ai décidé de hâter la transition. D'un geste sec, j'ai décroché ma frise historique, mes posters, mes photos en veillant à ne pas effacer les marques de Patafix sur le mur. J'avais quand même envie de laisser une trace.

Sur mon bureau, il y avait une photo de Mam et moi. Un souvenir de bonheur simple et gratuit : une baignade d'été à la cascade du Lez, quand j'avais dix ans et qu'on vivait près de Montpellier. Mam, sans maquillage, un sourire de gosse sur les lèvres, et moi collée à elle, visiblement heureuse. Même si ma mère se trouvait moche sur le cliché et qu'elle le rangerait certainement dans un tiroir, je lui en laissais la responsabilité.

Je devais encore dormir ici six semaines avant de rejoindre les Hauts-de-Seine, mais cette chambre ne m'appartenait déjà plus. En la vidant au plus vite, j'avais réussi à m'auto-exproprier, comme si je voulais me mutiler le cœur en portant un grand coup.

J'ai réalisé que je n'avais pas de photo de moi avec Amédée pour mon mur à l'internat. Je suis descendue sonner.

— Tu fais bien de venir, dans quelques jours je pars à ma cure. Un selfie dis-tu, comment on fait ? Je ne connais rien à la technologie, a-t-il dit, espiègle.

— Oh Amédée, là, vous ne m'aurez plus !

Il a éclaté de rire puis m'a prise par l'épaule.

« Viens, ma voisine favorite, on va la faire cette photo pour l'internat. Et ne t'en fais pas, tu pourras venir me voir tous les week-ends et même dormir sur le canapé », a-t-il dit.

Larmes aux yeux, j'ai dessiné mon plus beau sourire. Mais à la fin de notre séance photos, dans l'écran du téléphone, je voyais qu'Amédée avait l'air un peu contrarié.

— Il y a quelque chose qui ne va pas, Amédée ? J'ai dit quelque chose ?

— Rien en rapport avec toi, rassure-toi. Assieds-toi, je vais te raconter.

48

Péril en la demeure

Au salon, il s'est installé en face de moi dans son fauteuil club vert, il a pris sur la table basse un spray de fleurs de Bach, des huiles essentielles qui détendent, le cannabis des vieux, et a fait quelques pschitt dans sa bouche. Puis il a attendu encore quelques secondes avant de me raconter.

Sa fille Christelle, non contente de lui prélever déjà des sommes astronomiques pour se payer des week-ends de golf, avait demandé à Amédée de récupérer son appartement loi 1948 avec loyer imbattable pour en faire des bureaux. Elle voulait créer sa société de conseils en mutuelle. Elle lui proposait en échange un « super bon plan » pour aller dans un Ehpad bon marché. Il était écœuré par la démarche mais ne savait pas quoi faire. J'étais vraiment en boule contre cette Christelle que je n'avais jamais vue à part sur ces photos ridicules qui tapissaient les murs d'Amédée. D'ailleurs, j'avais envie de les déchirer. J'ai pris un ton que j'espérais ferme pour lui dire :

— Amédée, on va appeler votre fille et pour la première fois de votre vie, vous allez lui dire non.

— J'en suis incapable, Kali, tu le sais bien. Ça me pétrifie rien que d'y penser. Je ne peux pas la perdre.

Je regardais les murs autour de moi puis son bureau, et un tressaillement réveilla mes chemins neuronaux.

— Alors vous n'avez qu'à ruser. Comme vous avez fait avec moi.

— Qu'est-ce que je peux inventer ?

— Je sais pas... un grave danger pour l'immeuble. Comme ceux qu'on voit s'effondrer dans certaines villes. En plus, elle est dans les assurances. Ce n'est pas une tête brûlée.

— Ah ça non, c'est pas une aventurière ! Mais... enfin, je vois, oui, ça pourrait marcher. Oh là là, ce serait diabolique. Oui, c'est ça : un arrêté de péril, c'est le nom.

Il souriait et lissait ses cheveux blancs sur son crâne d'une main hâtive. Ses yeux bleus se plissaient en regardant au loin. Je me suis levée.

— Vous me laissez votre ordinateur un moment ? Je pense que je peux créer un document convaincant.

— On le fait vraiment ? OK, essayons.

Après l'expulsion de Tony de notre vie, assez efficace je dois dire, j'avais pris confiance dans mes talents de mystification. Il nous a fallu une heure et le téléchargement de deux logiciels pour créer un arrêté de péril tout à fait crédible et effrayant. Mais ce pdf était le moindre de nos atouts : Amédée pouvait surtout tirer avantage du fait qu'il n'avait jamais menti à sa fille.

On a passé ensuite quarante-cinq minutes à élaborer son discours. Amédée était stressé. Ses mains tremblaient plus que d'habitude. Il n'était pas certain d'arriver à tenir son histoire face à Christelle Première la Tyrannique. Il s'approcha de la table basse pour prendre le spray et se pschitter encore des fleurs de Bach.

— Faites gaffe, vous allez faire une overdose, j'ai dit en rigolant.

— Je suis désolée, ma Kali, aujourd'hui tu vois un Amédée que je n'aime pas montrer.

Je lui ai pris la main pour le rassurer. Je sentais ses os sous sa chair frêle et sa fine peau qui se plissait. Toucher cette fragilité m'a donné envie de pleurer. Comment pouvait-on le traiter comme un meuble à stocker et ne pas avoir envie de le chérir ? On s'est assis côte à côte sur le canapé et il a sorti son portable de sa poche.

Christelle a répondu très vite, sa voix aiguë est venue irriter le haut-parleur du téléphone.

— Oui, Papa, c'est pour quoi ? On peut fixer une date pour le déménagement ? Je pourrai m'installer quand ?

Amédée a pris sa voix de vieillard. Je souriais en l'écoutant.

— Je suis embêté, ma poupée, il y a un document qui a été affiché dans le hall. Un arrêté de péril, ça s'appelle. J'y comprends rien. Ça te dit quelque chose ?

— Mais bien sûr, enfin, Papa ! Faut pas me dire ça mollement, faut réagir ! C'est la catastrophe si c'est vraiment ça. Tu es sûr de toi ? Tu peux m'envoyer une photo du document ?

Assez adroitement, Amédée a réduit la fenêtre de conversation et envoyé notre document falsifié à sa fille par SMS.

La photo l'a tenue au silence un instant. Puis elle s'est reprise et a bredouillé :

« Écoute, bon, ils vont certainement te reloger, panique pas. Mais pour mes bureaux, c'est mort, faut que je cherche autre chose. »

Amédée en a rajouté une couche, plus vieillard que jamais, limite le père Fouras de Fort Boyard.

— Mais c'est dangereux, ça, non ? Je pense que c'est plus prudent que je vienne loger chez toi, non ? T'as pas envie que l'immeuble s'écroule sur la tête de ton pauvre père. Je vais préparer mon sac.

— Non, non, Papa, ne viens pas, tout va bien.

On se regardait et on jubilait. Amédée avait des petites larmes de joie au creux des yeux. Christelle continuait son argumentaire, un peu précipitamment.

« Tu sais, ils exagèrent toujours sur ces documents. Appelle le syndic, ils vont t'aider. »

Sur cette dernière phrase un peu sèche, elle a raccroché.

Amédée s'est tourné vers moi avec un air d'enfant fautif.

« Je sais pas ce qu'il m'est passé par la tête avec cette improvisation sur l'idée de me loger chez elle. Un petit coup de folie théâtral. »

Sa longue silhouette s'est ondulée d'un rire et j'ai frissonné de plaisir en le regardant.

49

Roman noir

Fin juillet, John Davis m'a proposé par mail un rendez-vous téléphonique. Il avait de bonnes nouvelles à m'annoncer.

Comme si un crocodile sortait tout d'un coup sa gueule du fond des eaux, la panique m'a sauté à la gorge. Des dizaines de questions ont formé des nuées de moustiques autour de moi : et si mon donneur était un homme méchant, un psychopathe, une sorte d'Hannibal Lecter qui ne ferait de moi qu'une bouchée ? S'il était au contraire un type adorable, marié et père d'une flopée d'enfants que ma soudaine existence allait menacer ? Si je m'attachais à lui et qu'il m'abandonnait au bout de six mois ? Ce pouvait être aussi un mec en mal d'affection et en déshérence sociale qui m'arracherait à ma précieuse petite vie pour m'emmener dans une caravane insalubre au cœur des Ardennes. Il n'aurait pas les jolies dents blanchies et bien ordonnées de Maman. Pire, il lui en manquerait et serait laid à faire peur, sorte d'ogre qui m'obligerait à faire le ménage, les courses et la cuisine en sabots de bois avec un petit tablier qui deviendrait de plus en plus sale et rêche au fur et à mesure de ces jours de malheur. Pour éviter ce scénario, peut-être valait-il mieux connaître mon géniteur après une formation de krav-maga.

En véritable lâche, j'ai répondu à John que hélas, je n'étais pas disponible pour le moment, en vacances dans une zone blanche dans la Creuse, je n'avais quasi pas de réseau.

Bref, j'essayais de gagner du temps (ou d'en perdre… si près du but) afin de calmer mon angoisse. Bizarrement, j'avais cogité comme un hamster dans une roue sur l'éventualité d'enfin connaître l'identité de mon père, mais sans anticiper ces sueurs froides le jour où l'énigme se résoudrait. *Si seulement Domitille était à Paris,* me disais-je. Elle seule pouvait m'aider à affronter la situation. Amédée venait de partir en cure thermale à Bagnoles de l'Orne pour soigner ses rhumatismes, il m'avait dit que chaque année, il y avait droit, et qu'une partie de son séjour était prise en charge par la Sécu. Trop de chance !

J'ai donc passé la fin de ce mois caniculaire dans les eaux troubles et glacées de ma lâcheté. Je ressentais évidemment aussi le besoin pressant de savoir, de me libérer de tout ce stress qui commençait à peser sur mes épaules. Je me voûtais. J'avais l'impression que l'angoisse me faisait vieillir avant l'âge, à l'inverse de la nouvelle que j'avais lue sur Benjamin Button – l'homme qui naît vieux et vit sa vie à l'envers –, j'allais en l'espace de quelques mois prendre plusieurs décennies dans les dents. Le jour où je rencontrerais mon père, je serais une petite vieille bossue et toute fripée…

Tous les jours, je me rendais à la bibliothèque. Au départ, j'avais décidé de fonctionner par rayonnage, genre la littérature américaine de A à Z. Puis la littérature de langue allemande… Assez vite, je m'étais rendu compte que ce programme était destiné au futur prix Nobel de ma génération. J'aimais lire, mais pas à ce point. Finalement, je me suis mise à choisir en fonction des titres qui éveillaient ma curiosité.

Les polars psychologiques me plaisaient, surtout s'ils étaient super bien construits et que je pouvais m'identifier, les jours mauvais au tueur, les bons à la victime. Quand une colère sourde se réveillait dans ma poitrine, j'avais tout de même du mal à résister à mon désir d'étrangler ce con de Jean-Yves, qui devait sa place dans le cœur/lit de ma mère à la bibliothèque municipale de mon quartier et à ses Harlequin, même s'il l'ignorait totalement.

C'était une bonne chose, le goût du roman noir, je me disais, cela vous préparait à toutes sortes de rebondissements du côté de la « vraie vie », assouplissait le système nerveux comme si un pizzaïolo le malaxait avant de l'enfourner dans le four à surprises… celles qui ne cessaient jamais de sortir du T2 de Mam.

Le 2 août vers 17 h 30, tout a basculé à nouveau chez Mademoiselle Coco.

Quand je suis rentrée de la bibliothèque, Mam se trouvait au téléphone dans sa/ma chambre. La porte était entrouverte et je percevais qu'elle était à la fois agacée et sur le point de fondre en larmes.

« Mais enfin, votre collègue m'avait assuré que c'était bon ! Tout était sous contrôle de mon côté. Vous changez d'avis comme de chemise ou quoi ? Laissez-moi vous dire que je suis très déçue. Vous me gâchez la vie.

Je n'hésiterai pas à vous faire une mauvaise publicité. Merde ! » a-t-elle jeté avant de raccrocher.

Elle se tenait debout près de la fenêtre, comme statufiée, ses longs ongles carrés rose pâle arrêtés sur la coque de son téléphone portable.

Je craignais un énième souci financier, un séjour à la ferme en quatrième vitesse, ou pire, un renversement dans la relation de ma mère avec Jean-Yves. Si elle devait lui emprunter beaucoup d'argent, le levier du pouvoir ne serait plus en sa faveur. Adieu les courses et les menus services rendus. Bienvenue au retour de la femme inquiète dans ses petits escarpins…

Mam s'est aperçu de ma présence. Elle s'est retournée et a désigné la pièce de son index manucuré.

— Tu peux te réinstaller, l'internat, ça marche pas. Ils refusent finalement l'échéancier que je leur avais proposé.

— Mince, ai-je lâché.

J'étais trop interloquée pour savoir si c'était une bonne ou une mauvaise nouvelle. Et devant le visage défait de Mam, je me sentais peu rassurée.

— Je suis désolée, Maman, ai-je ajouté. Je commençais à m'y faire.

— Eh moi donc.

— Si tu veux, je ne remets pas mes posters.

— Kali, les posters, je m'en fous. Ça n'a pas d'importance.

— Je voulais dire, si tu veux, je prendrai le canapé-lit cette année.

— Ah oui, c'est gentil, mais avec Jean-Yves, nous n'allons pas nous coucher à 21 heures tous les soirs. Il faut que je réfléchisse à tête reposée.

Elle s'est approchée et m'a prise dans ses bras. Cette étreinte inattendue me réchauffait le cœur. Je n'avais jamais aimé son parfum à l'odeur de cerise synthétique, mais là, je le cherchais, je le humais.

— Bon allez, ce n'est pas la mer à boire, a-t-elle fini par dire en s'écartant de moi et essuyant un reste de larmes. Et puis la jupe écossaise de l'uniforme, tu pourras toujours la mettre pour danser avec Gonzague.

— Haha, très drôle, Mam. Bon, oui, ça chamboule tout, mais on a l'habitude. On est des reines de l'adaptation, Mam.

— C'est vrai, ma chérie. On les emmerde à Saint-François, ils ne savent pas ce qu'ils perdent.

Comme j'avais passé une bonne partie de mes vacances à trier, ranger et déplacer des choses, il m'est venu tout naturellement une idée.

— En fait, ai-je dit, on pourrait transformer ma chambre en salon.

— Qu'est-ce que tu veux dire ?

— Acheter une télé et la mettre ici, sur le bureau. Comme ça, vous pourrez regarder votre film du soir et vous coucher quand vous voulez. Et moi, je prends le salon.

— Euh… je ne sais pas. On en rediscutera, mais je pense que je vais aller vivre chez Jean-Yves. Quitte à venir dîner avec toi.

Ce coup dans le dos m'a fait vaciller dans un nouvel océan de désespoir. J'avais pourtant essayé d'être arrangeante… Et encore une fois, elle voulait m'abandonner. Je ne comprenais pas. Je bégayais de tristesse :

« Oh, OK, OK, si… si c'est ce que tu veux… »

Elle m'a pas laissée finir, elle est partie se remaquiller à la salle de bains. Peut-être sa manière à elle de reprendre en main ses émotions.

Et j'ai pris mes pansements à moi : mes posters *Science & Vie Junior* que j'ai à nouveau placardés sur les murs de la chambre. J'ai retrouvé une fiche info sur les tortues de mer qui abandonnent leurs petits sur les plages. Lesquels doivent ensuite se débrouiller pour rejoindre l'océan sans se faire bouffer. Je me sentais tout d'un coup très proche de cette espèce. J'ai affiché le petit poster juste au-dessus de mon lit. La tortue m'a un peu apaisée.

Le déménagement de Mam chez Jean-Yves n'avait pas l'air imminent. Les jours passaient, il venait dîner à la maison et ils dépliaient tous les soirs le clic-clac.

À la fin du mois, Domitille est enfin rentrée de vacances et j'allais pouvoir combler l'urgent désir de lui annoncer la grande nouvelle. Après un échange de SMS, nous nous sommes retrouvées dans le square proche de son immeuble. J'ai attendu qu'on soit chacune installée sur la pelouse, près d'un grand érable qui nous protégeait des rayons brûlants du soleil, pour déclarer :

— Domi, je reste !

— Tu restes où ?

— À Montesquieu, dans mon T2, dans cette vie !

— Incroyable ! Comment t'as fait ? Tu as retrouvé ton géniteur et il…

— Non, l'ai-je interrompue, ça aussi, il faut que je te raconte. Après.

Elle m'a tendu la canette de soda que nous venions d'acheter chez l'épicier du coin.

— Alors quoi ? a-t-elle demandé.

— À Saint-François, ils ont refusé que Mam paie la scolarité en quelque chose comme soixante-douze fois.

— Oh, ma Kali, je suis tellement heureuse ! Mes prières ont été exaucées. Je vais aller allumer quelques cierges en remerciement.

— Et toi, tes vacances ? ai-je dit après avoir ouvert le paquet de biscuits commandé la veille à Jean-Yves.

— Bof, la routine. Cendrillon avant le prince, avec plus d'enfants et vue mer. Mais on s'en fout, raconte. Le DNA détective t'a appelée ?

— Oui, je dois fixer un rendez-vous téléphonique avec lui bientôt, parce qu'il a du neuf.

— Oh là là, c'est fou. Quel suspense ! J'adore ta vie, Kali !

50

Jean-Louis Santos

Dopée par Domitille, j'ai puisé dans ma petite réserve de courage pour joindre mon *DNA inspector* (j'adore cette appellation !). Assise sur mon lit à une heure où j'étais sûre de rester seule à l'appartement, le cœur en métronome vitesse maximale, j'ai composé son numéro et attendu la tonalité. Une puis deux puis trois, et il a décroché.

« Oh, Kali, *that's fantastic. I found your dad!* J'ai trouvé ton papa », il a même ajouté en français avec une intonation de canard et un accent à couper au hachoir.

Quelle que soit la langue, je manquais de mots pour répondre. Je me suis mise à pleurer. Vraiment. Je me sentais comme ballottée dans des vagues, des rouleaux puissants.

John Davis a compris mon émotion, il devait avoir l'habitude, il n'a pas posé de questions, il a évoqué son enquête avec fierté, puis il m'a dit qu'il allait m'envoyer tous les éléments par mail. D'une voix rauque, je l'ai remercié, et j'ai raccroché.

Mon ordinateur se montrait beaucoup trop lent pour ce genre d'événement, il mettait un temps fou pour télécharger les pièces jointes du mail de John.

Le premier document, un pdf, s'est enfin ouvert, me révélant d'où je venais.

Nom du père : Jean-Louis Santos.

J'avais enfin un nom sous les yeux... Jean-Louis... J'adorais déjà ce prénom et ce nom. Santos, un saint.

Profession : sculpteur

Et en plus, il avait pas un *bullshit job* comme Jean-Yves.

Infos de biographie : franco-portugais. Vit à Buvilly, dans le Jura, avec sa femme américaine. Père d'un garçon de 22 ans.

Membres de sa famille identifiés par le laboratoire : deux lointains cousins américano-portugais qui ont fait le test ADN de recherche des origines.

Tout me plaisait dans son profil. J'avais envie de l'adopter, j'espérais que lui aussi. Je crois que je ne préférais pas savoir pourquoi il avait donné. Si jamais la raison était purement financière...

La deuxième pièce jointe était un fichier jpeg, certainement une photo de lui. Je tressaillais d'envie d'ouvrir cet énorme cadeau de Noël.

L'IBM apathique afficha la photo ultra lentement, pixel par pixel. Des bandes apparaissaient les unes après les autres, et j'ai dû attendre bien deux minutes pour découvrir, pour la première fois de ma vie, la tête de mon père. Normalement, ça arrive après des heures de contractions en maternité. Là, c'était après des gigas d'efforts de la carte-mère de l'ordinateur.

La fenêtre a affiché la photo d'un homme aux yeux verts et aux longs cheveux gris joliment coiffés en arrière. Il regardait l'appareil avec un air fier et franc. Et surtout, ce qui m'a profondément touchée, c'est qu'il avait un nez massif. Un nez comme le mien.

J'étais seule face à ce strike de bowling dans ma vie. Je ne savais pas à qui parler. J'avais besoin de m'habituer, je crois, à ces nouvelles données dans ma biographie. Mam avait un rendez-vous pour sa nouvelle activité de conseillère en image. Elle serait absente encore au moins une heure.

Les yeux tout embués, j'ai saisi le catalogue UCPA dans le tiroir de mon bureau et je l'ai feuilleté. Est-ce qu'ils proposaient des stages dans le Jura ? Il n'était peut-être pas trop tard pour réserver une semaine de canoé, canyoning ou rando avant la rentrée.

Je suis descendue voir Amédée. Il a tout de suite compris en me voyant. Sur le perron de la porte, il a soufflé :

— Il habite où ?

— À Buvilly, dans le Jura.

Il est rentré dans son appart en m'invitant à le suivre et est allé chercher quelque chose dans son bureau.

Sur la table basse, il a étalé une vieille carte routière de toute la France. Puis, avec un petit compas, il a commencé à calculer les kilomètres.

« Dis donc, c'est tout petit, Buvilly, je le vois pas sur la carte. »

Il est reparti dans son bureau puis il est revenu avec une petite loupe. J'étais bluffée par son équipement.

— Ah, voilà… Donc ça nous fait environ quatre cents kilomètres, donc je dirais quatre heures de route. Ça va, on va y arriver.

— Comment ça, on va y arriver ?

— Ben, si tu veux bien, je t'emmène. Et bien sûr, je resterai dans la voiture. Enfin, c'est toi qui décides, ma Kali. Mais comme je pense que ta maman ne fera pas le déplacement…

Ce soir-là, heureusement, Jean-Yves n'était pas là et on dînait toutes les deux. J'avais hâte de raconter à ma mère ce qui avait bouleversé mon après-midi et ma vie. Je lui ai tout déballé : l'enquête au Portugal, le test ADN, le détective, l'angoisse, la révélation… J'étais fébrile, un peu précipitée dans mon récit, je m'embrouillais dans les dates, mais je ne voulais louper aucune étape de mon odyssée vers mon père. J'étais heureuse de partager enfin avec elle ce qui m'avait agitée ces derniers mois. Elle m'écoutait froidement en mastiquant bruyamment et enchaînait les bouchées pour ne pas avoir à répliquer. Puis, quand je me suis arrêtée de parler, elle a bu une grande gorgée d'eau, s'est éclairci la voix et a lâché :

— Ah bah alors, là, c'est clair que j'aurais jamais couché avec un sculpteur RMiste dans le Jura.

— Non mais Mam, surtout, c'est fou, je lui ressemble énormément. Beaucoup plus qu'à toi ! Je peux te montrer sa photo ?

— Non, plus tard, là on va débarrasser la table.

— OK, évite le sujet si tu veux. En tout cas, moi, je veux rencontrer mon père.

— Attends, déforme pas la réalité non plus, c'est pas lui qui a changé les couches.

Elle était devenue agressive, elle s'en est rendu compte. En commençant la vaisselle, elle s'est tournée vers moi, plus douce :

— Tu sais, je veux juste te protéger, je veux pas que tu sois déçue, ma chérie.

— OK, merci, Mam. Je descends chez Amédée, je dois l'aider pour un truc.

Dans le salon de mon voisin, je me suis affalée pas très élégamment sur son canapé et j'ai lâché :

« J'accepte votre offre. Effectivement, c'est pas ma mère qui m'emmènera dans le Jura. »

51

Fly Me to the Moon

En cette fin août, le soleil avait déjà déserté les vallées jurassiennes, le ciel était couleur prison. Dans sa Renault Laguna verte, Amédée s'en sortait bien sur les petites routes départementales. Sa voiture était équipée d'un lecteur de CD, il me faisait découvrir des chansons de Sinatra, la voix du crooner me portait avec légèreté vers mon père. On traversait des paysages de champs ondulés parsemés de maisons de pierre et de mochetés modernes. J'avais emporté tout mon argent de poche pour payer un peu d'essence et l'inviter à déjeuner dans une auberge avec colombages et tout que j'avais repérée sur Internet. Une adresse spécialisée en fromages. Mais tous les deux, on était pressés d'arriver à Buvilly. En prenant son café, Amédée m'a confié en souriant :

— J'ai rien dit à Christelle, sinon elle allait encore faire des histoires. Elle qui pense qu'avoir une bonne relation avec son père, c'est du tout cuit...

— C'est triste qu'elle ne se rende pas compte de la chance qu'elle a...

Amédée a posé sa main sur la mienne sur la table de l'auberge, et avec toute la bienveillance du monde dans les yeux, il m'a dit :

« Tu sais, ma Kali, c'est pas bien grave. Il y a de la place dans mon cœur. Et je t'ai trouvée toi. »

On a repris la route avec *Fly Me to the Moon*. J'en demandais pas autant, moi, je demandais pas la lune, je voulais juste aller dans un petit bled jurassien. Quand j'ai vu le panneau rectangulaire blanc cerclé de rouge marqué Buvilly, j'ai senti mon cœur bégayer. J'ai demandé à Amédée d'arrêter la musique, j'avais besoin de tout entendre, de respirer Buvilly. Si j'étais honnête, il fallait bien dire que le village faisait carrément fait divers. Des maisons austères avec peu de fenêtres s'alignaient dans un monochrome de gris sur horizon gris. Un chat solitaire et hargneux a traversé devant nous. Mais moi, j'étais à Disneyland, en route vers le château du prince. On a trouvé facilement le 2 rue de la Mairie, l'adresse de mon... enfin de Jean-Louis Santos. Je me forçais à remettre un peu de distance, bouclier contre une éventuelle déception.

Il fallait bien le dire, sa maison s'avérait moche et triste. Il y avait des taches d'humidité sur les murs et la peinture bordeaux des volets en bois était méchamment écaillée. Mam aurait détesté. Mais moi, ce que j'aimais, c'était que la rue sentait l'herbe fraîchement coupée. Et je voulais humer un peu cette odeur réconfortante avant d'entrer.

Amédée était resté dans la voiture, garée non loin. Je me suis retournée vers lui. Encourageant, il a hoché la tête et levé le pouce. Devant la porte de Jean-Louis Santos, que j'avais appelé timidement deux jours avant, je cherchais un signe. Quelque chose qui me serait familier, qui pourrait me rattacher à lui autrement que par l'ADN.

J'ai tenté de l'apercevoir à travers une fenêtre et de percevoir des voix. Près du portail, une boîte aux lettres en métal vieillot a attiré mon attention : un magazine dépassait de la fente. Je me suis approchée pour en lire le titre. C'était *Kipuka,* la revue scientifique dédiée aux volcans !

Je pouvais presque m'évanouir de bonheur.

Mon donneur, qui avait accepté qu'on se rencontre après seulement un coup de fil, est apparu dans l'encadrement de la porte d'entrée avant que j'appuie sur la sonnette. Un grand sourire sous son gros nez-patate. Notre nez. Mon histoire. Il m'a fait signe de la main, et d'une voix chaleureuse où j'ai pu deviner un accent portugais, il a simplement dit : « Entre, Kalindra. »

Épilogue

Trois ans plus tard

Face aux Invalides, le commissariat du 7ᵉ arrondissement m'impressionne un peu. Généralement, tout bâtiment ou même document avec un drapeau bleu-blanc-rouge, une Marianne ou des symboles de la République me rapetisse considérablement.

Dans le commissariat, j'attends, nerveuse, le dos appuyé contre le dossier d'une chaise métallique. En face de moi, sur un mur rempli d'affiches et de numéros d'informations sur les services de police, je découvre celle d'une campagne contre les violences conjugales. Puis un officier vient me chercher, une jeune recrue qui paraît gênée de m'avoir convoquée.

— Alors voilà, me dit-elle, votre mère a dépensé 50 000 euros au casino de Deauville dans des conditions encore floues. Ensuite, à court d'argent, elle aurait volé des jetons. Nous continuons notre enquête sociale, mais je vous donne déjà le dossier de mise sous tutelle, comme ça vous pourrez commencer à l'étudier. Est-ce que vous avez des éléments à ajouter pour contribuer à notre enquête ?

Des éléments, j'en ai. De quoi rédiger trois tomes, mais encore une fois, je préfère la protéger.

— Pas particulièrement, je n'ai pas beaucoup de contacts avec elle. Est-ce qu'elle est encore en garde à vue ?

— Non, ça y est. Les collègues l'ont relâchée, vous devriez pouvoir la joindre.

Après cette entrevue, je laisse un nouveau message à ma mère, qui reste sans réponse.

Trois jours plus tard, je finis par recevoir un texto :

Coucou, ma chérie, je suis à Punta Cana. Opération séduction pour tenter de reprendre Jean-Yves dans mes filets. Haha, pêche au gros ! Si la police t'a appelée, t'inquiète pas, c'est un malentendu, tout est sous contrôle.

Remerciements

Merci à mes premières lectrices : Claire, Ségolène, Mam… pour votre temps, votre regard.

Merci à Karine Bailly de Robien, directrice générale des éditions Leduc, de m'accueillir dans sa belle maison.

Merci à ma formidable éditrice Jeanne Pois-Fournier, modèle de perspicacité et de bienveillance.

Merci à mon agent littéraire Alexandrine Duhin, alliée rêvée.

Merci à Delphine Mozin-Santucci, pour sa relecture en or.

Merci à Sandrine Palussière qui m'a fait grandir.

Merci aux représentants pour l'accueil tellement chaleureux.

Merci à Liza Azuelos pour la lecture et l'adorable petit mot.

Merci aux libraires, pour toujours.

Merci à Gabi-Slay Queen pour ses remarques pertinentes sur la vie et les mères « pas stylées ». Un jour peut-être, tu liras ce livre et tu verras qu'il y a plus « embarrassante » que ta Mam.

Merci à Rosistar qui s'est attachée à m'apprendre à veiller la nuit, compétence précieuse pour écrire.

Merci à toi qui te reconnaîtras, pour ton amour et ton soutien, même si les romans c'est pas ton truc. Promis, je me remettrai un jour aux essais géopolitiques.

Merci au grand PG Wodehouse.

Merci à vous les lecteurs.

La communauté Charleston a aimé !

Chez Charleston, nous sommes convaincus que loin d'être une aventure solitaire, la lecture est une invitation au partage. Nous échangeons constamment avec nos lecteurs et lectrices, et nous sommes fiers de la belle communauté d'amoureux des livres que nous formons tous ensemble. Chaque année, nous choisissons au sein de cette communauté vingt lectrices et lecteurs qui nous accompagnent tout au long de l'année et découvrent nos romans en avant-première. Voici leurs avis !

Un roman bouleversant par sa profondeur et sa simplicité. Kalindra est un personnage auquel on s'attache immédiatement.

@flora_bouquine

La plume de l'autrice est acérée et intense, empreinte de beaucoup d'auto-dérision.

@lucioleinbooks

Une relation mère-fille hors norme qui, sous couvert d'humour, est bourrée d'émotions et de thèmes forts.

@lavieenlivredefrancoise

Les personnages ne sont pas lisses, ils sont vrais et entiers, touchants et agaçants, parfaitement imparfaits.

@pickbooks

La plume de Pauline Liétar a un côté frais et dynamique qui rend la lecture particulièrement captivante.

@les_lectures_de_manoon

L'univers entre strass, faux-semblants et blessures invisibles est criant de vérité, surtout à travers le regard aiguisé de cette adolescente pas comme les autres.

@teabooksandyou

Avec une plume fluide et prenante, l'autrice nous emmène à la rencontre de Kalindra, une adolescente bien plus mature que les jeunes de son âge.

@lecturedudimanche

Les chapitres s'enchaînent facilement. J'ai été prise dans le tourbillon de cette histoire et la quête de la protagoniste.

@les.mots.de.gaelle

Cet ouvrage a été imprimé en utilisant des papiers composés de fibres naturelles, renouvelables, recyclables et fabriquées à partir de bois issus de forêts qui adoptent un système d'aménagement durable. En outre, les fournisseurs de papier s'inscrivent dans une démarche de certification environnementale reconnue.

IMPRIM'VERT®

Achevé d'imprimer sur Roto-Page en juillet 2025
par l'Imprimerie Floch
53100 Mayenne
Dépôt légal : août 2025
N° d'impression : 107368

Imprimé en France